U0020202

周姚萍童話
收集笑臉的朵朵

- 周姚萍 著
- 徐錦成 主編
- Kai 插圖

目 錄

Fairy Tales

目 錄

姚萍的童話充滿幻想，她總是將要傳達的意思，隱藏在故事中，有趣而不說教，值得大人小孩一起共讀。

台東大學兒文所榮譽教授 林文寶

童話有的是想像、創新、滑稽、詼諧、搞笑、反轉、諷刺等特徵，如果這些技巧只用在「娛樂」，未免可惜！當中應有難以言喻的感覺和意味。

作家在文學上追求的就是這「感覺」和「意味」的釀造，周姚萍童話所以獲得人們喜愛，就在那種趣味、內涵兼備，足以陶冶性情、開啟智慧門的感覺和意味。

兒童文學家 傅林統

呼喚童心

徐錦成

　　童話，是魅力獨具的文類。一個人兒時接觸到的童話，往往影響其一生。一個文明的童話，也往往反映出——甚至型塑了——這個文明的人民性格。

　　童話一方面是活潑的，但同時也是溫和的。

　　活潑，因此我們可以從童話中看出一個文明的想像力與創造力。

　　溫和，因此童話界少有話題、少有論戰，以致文壇的聚光燈也難得打在童話身上。

　　童話的發展跟文學的發展息息相關。但從文壇的現狀看，詩、小說、散文是三大主流文類；戲劇作品不多，但也有其地位。至於童話，與前四者相較無疑最為寂寞。

文學界長期的忽略，使童話受到的肯定遠遠不及她本身的成就。

是該重新認識並重視童話的時候了！

童話，是呼喚童心的文學。不只屬於兒童，也屬於所有童心未泯或想尋回童心的成年人。而童心，在任何時代、任何社會都是最寶貴的。錯過童話，對喜歡文學的讀者來說是一大損失。

九歌出版公司自二〇〇三年開始推出「年度童話選」，獲得廣大迴響。如今又推出「童話列車」，在台灣兒童文學出版上更是史無前例的大事。以往的童話選集，不論依類型或依年代來編，都是集體作者的合集。而這次，我們以個人為基準，要為童話作家編出一部部足以彰顯其成就的代表作。

在作家的選擇上，所有資深的前輩作家以及活

力旺盛的中生代作家，只要作品具有一定的質量，都是我們希望合作的對象。而作家的來源也不限於台灣。我們放眼華文世界，希望能為各地的優秀華文童話家出版選集。

在篇目的選擇上，則由編者與作者深入溝通，務必使所收錄的作品能確實具有代表性、能充分展現作者的風格。每本書末皆有一篇賞析專文，用意在提醒讀者留意該作家的童話特色。

我們希望透過這一系列精選集，向優異而豐富的華文童話家致敬。更期望大小讀者能透過他們的作品，品味到文學的童心。

留一點溫度與
奇想之光在心上

我是從小讀童話長大的。

那時,兒童書的發展很不蓬勃,品質也算不上好,能看得到的童話,便是「格林童話」、「安徒生童話」、「王爾德童話」,這些來自國外的古典童話。而且,它們通常經過輾轉的翻譯、改寫,早已脫離了原本的樣貌,像安徒生童話,一點兒都感受不到丹麥原文中的文字之美,以及濃濃的詩情、詩意。

儘管如此,在物質生活、娛樂方式十分貧乏的那個年代,我依然每天很珍惜的捧著這些書,將粗糙的紙張一翻再翻,翻到破破爛爛的,還停不下來。

　　儘管如此，安徒生的〈賣火柴的小女孩〉，那火光乍亮時，小女孩所看到的種種美麗幻影，仍教我的心一次次被牽動；而王爾德的〈快樂王子〉，那矗立在廣場上的王子雕像，託燕子將自己身上的寶石，送往受苦的人手上，讓他們得著溫暖，也讓我的心溢滿溫暖；還有格林童話中的〈吹笛人〉，當魔笛響起，老鼠成群結隊乖乖跟著吹笛人走的景象，則讓我感到驚奇；至於英國的童話〈傑克與魔豆〉，那不斷往天空長的魔豆、住著巨人的空中城堡，更帶我走進一個想都沒想過的世界……

　　從小，童話便這樣給我溫暖，給我驚奇與想像。

　　長大後，我一開始接觸兒童文學創作，寫的就是童話。寫作童話的一路上，我摸索著，從原本依樣畫葫蘆的「西方色彩」童話；到漸漸找出一個方向，希望用有趣的想像、奇妙的情節，呈現出這塊土地上孩子們的心情，或對人生的一點兒思考；再到期盼自己的童話，能在讀者讀過後，留下一點溫

度在他們心上，也能不斷穿越想像的極限，帶著讀者飛往一個個閃著奇想之光的世界。

就這樣，我一直努力著。

這本童話集裡的童話，大致也展現出我所期盼的、自己的童話質地，像是〈不上不下蜘蛛先生〉、〈最黑的地方〉、〈收集笑臉的朵朵〉、〈螺旋槳小鬼與流浪狗〉等許多篇章，都像放在暖爐上烘過，有著暖暖、暖暖的溫度；像是〈魔術盒子〉、〈小魔女淘淘和淘淘雲〉、「鬼當家」系列三篇等，則是我盡情想像的成果。

但願所有的大小讀者，翻開這本童話，心，就暖烘烘的，眼前，就有瑰麗多變的想像世界，不斷變換著。

我想，當人們的心有了溫度，便能愛，便有了力量；當人們的想像如春日的繁花盛放，生活便有了創意，有了情趣。這些，比什麼都重要！

　　另外，我要特別謝謝九歌出版社。年幼時候的我，除了讀童話，由於童書不多，所以很早就讀起大人的散文、小說，其中有許多書正是九歌出版社出版的，因此，現在，這本童話書能由它出版，我的喜悅是無法說明白的，這本書也因此添加了更為特別的意義呢。

　　　　　　　　周姚萍 2010 年 11 月 8 日

Part.01

不上不下蜘蛛先生

Fairy Tales

不上不下蜘蛛先生為什麼有這個稱號呢？你要是知道他的情況，就不會覺得奇怪，反而會認為很貼切。

不上不下蜘蛛先生的長相「不上不下」，在蜘蛛當中既不是漂亮到讓大家驚嘆，也不是醜得令大家印象深刻；不上不下蜘蛛先生的住處也「不上不下」，既不是高高在大樹上，也不是低低在地面的陰暗角落，而是位在「不上不下」的灌木叢；不上不下蜘蛛先生就連脾氣也「不上不下」，既不太好，也不太壞。

不上不下蜘蛛先生很厭倦這種狀態，他總是仰望飄盪在藍天的美麗蜘蛛網，希望自己是「高高在上」的蜘蛛。

有一天，不上不下蜘蛛先生下了決心，要讓自己高高在上。他爬下灌木叢，爬了許久，終於找到一棵高聳的大樹。

「好，就是它了。」不上不下蜘蛛先生開始往上爬。但是，才不多久，他就抖哇抖，抖個不停，再也爬不動了；唉！還真是不上不下呢！

「原～～來～～我不～～不適合高～～高在上～～」

這下該怎麼辦呢？

有一架風箏飛過，飄盪的風箏尾巴掃過不上不下蜘蛛

先生，把他甩離樹幹。

「啊～～～～」不上不下蜘蛛先生以為這下可完了，幸虧，風箏尾巴有個小洞，他的一隻腳正好卡在洞裡。

但這也好不到哪裡去，有懼高症的不上不下蜘蛛先生，抓緊風箏尾巴，高高飛著，啞著嗓子大喊：

命！

啊

命

救

這下，他倒是體會到「高高在上」的滋味啦！

最後，風箏降落了。

風箏的主人將風箏連同不上不下蜘蛛先生，帶回家去。

昏了頭的不上不下蜘蛛先生清醒後，看到風箏正為尾巴的破洞感到傷心，一旁有個布娃娃，拿著一根針，苦著臉說：「要是有線，我就可以幫你縫補好。」

不上不下蜘蛛先生開口說：「你們需要線，不知道我吐的絲可以嗎？」

布娃娃和風箏都嚇了一跳，後來知道說話的是不上

不下蜘蛛先生，才高興的說：「可以，可以，當然可以啦！」

不上不下蜘蛛先生忙著吐絲，將絲結合成強韌的線，由布娃娃為風箏縫上。

大功告成後，風箏和布娃娃都稱讚不上不下蜘蛛先生說：「你吐的絲真是又漂亮又堅韌。」

不上不下蜘蛛先生不好意思的答道：「因為我總是很努力的吐絲織網啊！」

不上不下蜘蛛先生受到讚美，有些開心，但想到自己沒辦法高高在上，又有些不開心，心情因而不上不下！

他告別風箏和布娃娃，漫無目的走著。

突然，他的腳猛的一陷，直往下掉。

救

　命

　　啊

　　　！

不上不下蜘蛛先生掉進了地鼠洞，裡頭黑漆漆的。

這下，不上不下蜘蛛先生可是「低低在下」囉！

地鼠爸爸和媽媽因為這不速之客，嚇了一大跳。不上

★ 不上不下蜘蛛先生 ★

不下蜘蛛先生連忙解釋，自己是不小心掉下來的。

　　地鼠爸爸和媽媽沒心思多管這位客人，因為他們的孩子生病了，渾身發冷，需要他們輪流抱著保暖。

　　不上不下蜘蛛先生自告奮勇的說：「如果可以的話，我想用絲線為你們的孩子織一床絲線被。」

　　「那太好了。」地鼠爸爸和媽媽感激的說。

　　不上不下蜘蛛先生專心的織起絲線被，還織了一件絲線衣，一雙絲線襪，一頂絲線帽，和一雙絲線手套。

　　地鼠爸爸和媽媽很感激，稱讚不上不下蜘蛛先生說：「你吐的絲真是又漂亮又堅韌。」

　　不上不下蜘蛛先生不好意思的說：「因為我總是很努力的吐絲織網啊！」

　　不上不下蜘蛛先生完成工作，就告別地鼠們，因為「低低在下」的滋味並不好受，他覺得呼吸愈來愈困難了。

　　不上不下蜘蛛先生回到地面，想到被讚美，有些開心，又想到自己連「低低在下」都沒辦法，又有些沮喪，心情因而不上不下。

　　他爬呀爬，爬到一個遊樂園，隨意爬上摩天輪的椅子

角落，躲了起來。

　　不久，摩天輪開始運轉，一下子上，一下子下。

　　救　　　啊！　　救　　　啊！
　　　　　命　　　　　　　命

　　不上不下蜘蛛先生這下子可是上上下下囉！

　　好一會兒，摩天輪才停下來，昏頭昏腦的不上不下蜘蛛先生，踉踉蹌蹌的爬下摩天輪，決定回到自己那不上不下的灌木叢；因為他既不適合「高高在上」，也不適合「低低在下」，更不適合「上上下下」。

　　他爬呀爬，遇見一隻貓坐在樹下，傷心的哭著。

　　「你怎麼了？」不上不下蜘蛛先生問道。

　　「我……我……我的前腳……被調皮的小孩用火燒掉了一塊皮毛，醜死了！」

　　不上不下蜘蛛先生一看，貓咪的右前腳果然有一塊火燒過後的疤。

　　「要是能找個東西遮住就好了，可是我想不出有什麼東西……」

　　「我的絲線可以嗎？」

　　「咦？絲線？」

「嗯！我可以在你腳上織出一塊絲線布，幫你遮住疤痕。」

於是，不上不下蜘蛛先生開始工作，並很快的完成，貓咪前腳凹凸不平的疤痕，被一層閃閃發亮的絲線布遮蓋了。

貓咪感謝的對不上不下蜘蛛先生說：「你吐的絲真是又漂亮又堅韌。」

不上不下蜘蛛先生不好意思的說：「因為我總是很努力的吐絲織網啊！」

告別貓咪後，不上不下蜘蛛先生回到灌木叢，休息了一陣子，然後開始吐絲織網，當他織好時，不禁想道：「這個蜘蛛網的絲線，真是漂亮又堅韌啊！」

然後，他喃喃自語的說：「因為我總是很努力的吐絲織網啊！」說著，他開心的笑了起來，覺得自己其實挺不錯的。

不上不下蜘蛛先生，還是一隻生活在不上不下灌木叢中的蜘蛛先生，只不過，他已經有些不同囉！

——原載 2005 年 4 月 7 日《國語日報‧兒童文藝》

Part.02

最黑的地方

Fairy Tales

星星家有個傳統，小星星要長成大星星時，必須經歷「成年禮」，也就是到地上找一個最黑暗的地方，溫暖那兒、照亮那兒。

　　亮亮這顆小星星到了該經歷「成年禮」的時候了。

　　他來到地面上，卻十分苦惱著，哪裡是「最黑的地方」？

　　「晚上應該就是最黑的吧！可是到了晚上，到處都黑漆漆的，我哪有辦法讓這麼大的地方變亮、變溫暖呢？」

　　亮亮只好問一個在窗口看書的小男孩。驚喜又訝異的小男孩很努力幫亮亮想著「哪裡是最黑的地方」？最後他開心的歡呼一聲，跑到房間裡一會兒後，端來一盆黑漆漆的水，說那裡應該就是「最黑的地方」了。

　　亮亮半信半疑的把頭探進去，噢！搞得一臉黑，原來那是一盆「墨水」。

　　亮亮謝過好心的小男孩，又來到另一個窗口；窗邊的小女孩看起來有些畏怯。

　　她想了好久，說不出哪裡是「最黑的地方」。她又東看西看，最後指指床底下說：「也許那裡是『最黑的地方』吧！」

亮亮也不知道該不該相信小女孩的話。

小女孩看亮亮有點遲疑，就說：「你怕嗎？要不要我陪你進去？」

亮亮說：「好。」

小女孩捧著亮亮，鑽進床底下；那裡真的很黑，還有許多灰塵和蜘蛛絲。

小女孩不知道為什麼微微發起抖來，把亮亮貼在胸

口。

「這裡就是世界上最黑的地方嗎？」亮亮問。

小女孩想起自己被酒醉的爸爸毆打後，總是哭到發抖，躲到這裡來。她把亮亮更貼緊胸口一些，閉緊眼睛說：「嗯！好黑，好黑。」

「好！看我的！」亮亮努力讓自己發出最大的亮光和熱力。

小女孩又黑又冷的心感覺到了；不曾與人緊緊依偎的她，第一次有了溫暖與光亮的感覺，因此，一滴熱淚從她的臉頰滾落，滾落……

——原載 2006 年 2 月 3 日《國語日報 · 兒童文藝》

最黑的地方

Part.03

收集笑臉的朵朵

Fairy Tales

白雲們最愛變身，變大象，變帽子，變車子……每一年，他們還會舉辦變身大賽。

白雲裡頭，朵朵的變身術是最棒的，胖胖則緊追在後，因此他把朵朵當成頭號對手，一心想在「變身大賽」中贏過他。當然，朵朵不甘示弱，拚命勤練，要保住「變身第一」的榮譽。

今年的變身大賽又來到了。比賽這天，藍天好熱鬧，忽而是貓咪雲，忽而是花朵雲……而朵朵和胖胖果然一一打敗對手，在決賽中遇上了。

「我會贏過你的。」胖胖說。

「我不會讓你贏的。」朵朵很有自信。

變變變！朵朵和胖胖使出渾身解數變哪變。

咦？奇怪？朵朵出狀況了，在變成一隻小狗後，就好像怎麼也變不了啦。

於是，冠軍被胖胖拿走。

胖胖拿到冠軍獎杯，嘲弄朵朵說：「你也有變身術失靈的時候啊？」

朵朵沒理會胖胖，只是往地面看，那兒有個小女孩，正抬高頭看著他，露出笑臉。

28

原來，不久前，小女孩的小白狗死掉了，她每天都哭得好傷心。一天，朵朵正好變身成小白狗，小女孩的媽媽發現了，指著朵朵對小女孩說，她的小白狗現在正在天上過得好好的。小女孩因此止住了哭，還露出笑臉。那笑臉很動人，讓朵朵想收集一個再一個。於是，每回只要女孩

抬起頭，朵朵就馬上變身成小白狗。

　　決賽關頭，朵朵發現小女孩又抬頭看天空，所以才維持小狗的模樣不變。

　　朵朵又收集了一個小女孩的笑臉，放在心上，好暖。朵朵覺得，那遠遠勝過冠軍獎杯的光亮。

——原載 2008 年 2 月 12 日《國語日報‧兒童文藝》

★ 收集笑臉的朵朵 ★

Part.04

魔術盒子

Fairy Tales

天空的雲朵中，住著一些會飛的小人兒；每個小人兒都擁有一個魔術盒子，每打開一次盒子，一個奇妙的東西便蹦了出來。

　　有時，是一個「會說故事的汽水瓶」，喝下裡頭的汽水，每打一個嗝，那個嗝就在空中開口說出好聽的故事；有時，是一朵冰涼的七彩雲，夏天裡，看了全身沁涼舒暢，就算又蹦又跳開運動大會，似乎也不會流一點兒汗；有時，則是一隻愛生氣的古怪貓，只要一氣，就會做出相反的事，例如想大叫大跳，卻反而全身縮成一團，動都不能動，叫都不能叫，惹得古怪貓自己更生氣……

　　要讓奇妙的東西回魔術盒子也很簡單，只要唸三次「哼拉巴嘛喂」，再打開盒子，關上盒子就成了。

　　有個叫做呼拉的小人兒，有一次才打開魔術盒子，就撞倒魔術盒子。

　　呼拉急得不得了，趕緊要搶救，卻來不及了，開著的魔術盒子直往地上掉，裡頭的奇妙東西通通往外摔。

　　呼拉決定把魔術盒子和所有的奇妙東西都找回來。

　　他離開天空，四處飛著，在一座高山找到魔術盒子。

　　呼拉的精神振奮起來，繼續找著散落的東西。

★ 魔術盒子 ★

山谷裡找不到，平原上找不到，咦！海裡可有了！大海裡，魚兒、鳥兒圍著一條透明大鯨魚，大鯨魚肚子裡正漂著一朵七彩雲。

呼拉飛了過去，聽見大鯨魚吐著氣說：「真不知哪來的好運氣，飄來了一朵七彩雲，透心涼的，吞下它，可把我多年發熱的老毛病給治好了。」

「而且讓你變得漂亮極了。」海鳥們七嘴八舌的說。

「透明的　鯨魚　肚子裡，飄著一朵　七彩雲。」吟詩魚唱歌似的緩緩唸道。

大夥兒圍在大鯨魚身邊，開起吟詩大會。

呼拉不好意思要回七彩雲；七彩雲治好大鯨魚的熱病，還帶給海裡生物那麼多快樂呢！

於是，他飛往別處。

遠遠的，呼拉聽到熟悉的笑聲，像是魔術盒子裡「笑聲花」發出來的；笑聲花看起來是一朵普通的紅花，卻二十四小時都開花，同時開出一串串笑聲。

呼拉循著聲音飛到一個城市，那裡的人毫無笑容，也沒有發出任何笑聲。

一隻怪獸急著尋找東西似的奔跑著。

「怎麼回事啊？」呼拉攔住一個人問道。

那個人說：「那隻怪獸專門吃笑聲，好一陣子以來，只要有人一發出笑聲，就被牠吃掉，所以我們變成沒有笑聲的人，也忘記怎麼笑了。」

呼拉聽了，趕緊追著怪獸飛。果然，怪獸發現了笑聲花，就喀滋喀滋吃起笑聲，不過，因為笑聲花不斷開出笑聲，所以笑聲仍然持續著，旁邊的一些人聽著聽著，也不自覺笑了起來。

怪獸驚喜極了，牠必須靠笑聲當食物，又對於把人們的笑聲吃光，感到很愧疚，現在竟然有一朵花可以解決所有問題，真是太完美了。

呼拉看到這個情景，決定不收回笑聲花，而飛往別處。

他又找到愛生氣的古怪貓。古怪貓掉到一個古怪國度；那裡的人只要一高興，就開始做出古怪事，像是開心時打了一串嗝，竟然滿街追著嗝跑，把嗝抓住，放進瓶子裡，然後邀請大家開一個「打嗝舞會」；在舞會裡用抓到的嗝，調製打嗝雞尾酒，人們喝進肚子裡，便一邊跳舞一邊打嗝………

在這裡，古怪貓常常睜大眼睛看著接連不斷發生的古怪事，都忘了生氣，也不覺得自己古怪了。呼拉看了這樣的情形，也不打算把他收回魔術盒子裡。

呼拉覺得像這樣周遊世界，一個個探訪以前住在魔術盒子裡的神奇朋友，經歷他們的神奇遭遇，可比單單打開魔術盒子，要有趣多了。而且，那些神奇朋友看起來也比住在魔術盒子裡，過得更好，所以，他不再想找回他們，只想不斷不斷的旅行下去。

——原載《童報週刊》2000 年 12 月 29 日第 148 期～ 2001 年 1 月 5 日 149 期

魔術盒子

Part.05

螺旋槳小鬼與流浪狗

「轉轉轉，左三圈，右三圈，飛！」

有一種透明的小鬼，頭上長著螺旋槳，只要依照口訣，把螺旋槳左右各轉三圈，就可以飛上天。想降落時，則用手輕輕碰一下螺旋槳，就能飄哇飄的飛下來。但螺旋槳小鬼的爸媽，頭上沒有螺旋槳，想飛就飛，想降落就降落，而且飛得比小鬼高許多。

歐弟是個螺旋槳小鬼。他很羨慕爸媽能不靠螺旋槳飛翔，還可以飛得那麼高，不過歐弟的爸媽總是告訴他，別心急，只要時候到了，他也能像他們一樣。

冬天裡的某一天，寒風呼呼吹著，歐弟的爸媽對他說：「歐弟，你不是一直想變得跟我們一樣嗎？現在是時候了。」

歐弟馬上興奮的喊：「我的螺旋槳不見了嗎？我可以不用轉螺旋槳就能飛嗎？」他摸摸自己的頭，卻馬上洩氣了，「哎，沒有哇，螺旋槳還在呀！」

爸爸媽媽笑著說：「想要螺旋槳消失，必須經過一個歷程。」

「歷程？什麼歷程啊？」

「從現在開始，你得學會幫助別人。」

「幫助別人？」

「對，你看——」爸媽和歐弟正好飛到一個人潮擁擠的地方，那裡是馬戲團公演的帳棚外，有個頂著爆炸頭的胖婦人，正惡狠狠踢了一隻瘦巴巴的流浪狗一腳。

媽媽說：「像那隻流浪狗被欺負了，你可以想想要怎麼幫助牠。」

每個螺旋槳小鬼都得通過由爸媽出題的考驗，螺旋槳才會消失，也才算長大，並擁有更高的飛行能力。

由於歐弟常欺負人，還覺得若無其事，更不懂為別人著想。所以，爸媽才出了這個題目。

「我們不多說了，你去吧。」爸爸說著，就和媽媽飛走了。

歐弟看著爸媽飛高飛遠，只好不情願的想著要怎麼幫助流浪狗。對他來說，這還真是件難事呢。

他想著想著，腦子裡浮現爸媽曾說過的一句話：「欺負人很不好。」他眼中瞬間冒出亮光，「對了，不好的人就是壞人，壞人就該給他點顏色瞧瞧。」

歐弟覺得自己想出一個大道理，還可以去整人，所以特別開心。

「好，行動！」歐弟飛進馬戲團帳棚尋找胖婦人。

帳棚裡的人很多，不過胖婦人很胖，一頭蓬鬆的紅色捲髮更是醒目，歐弟一下子就找到她。

胖婦人剛好要去上廁所，走到圍有欄杆的走道邊時，被歐弟狠狠推了一把。

「啊啊啊——」歐弟力道很猛，胖婦人不僅站不穩，還整個人向表演場地飛過去。

觀眾爆出驚叫聲。

場中正在表演獅子跳火圈，獅子剛跳過去，胖婦人跟著從火圈正中央飛越，一屁股坐在獅子的背上，蓬鬆的紅色捲髮都燒焦了。

　　獅子受到驚嚇，猛力一跳。這一跳，力道驚人，胖婦人蹦到空中。

　　「啊啊啊──」她手腳亂揮亂舞，雙手攀住了頭頂的

安全防護網。

「嘶嘶嘶……」她的重量太驚人，防護網的繩索承受不了，發出即將斷裂的哀鳴。

下個節目是空中飛人，站在表演高台的小飛人，看到這景象都嚇呆了，一個沒站穩，摔了下去。

這時，防護網裂開了……

幸虧馬戲團的大力士衝出來，在胖婦人與小飛人摔下來的那一刻，一手各接住一個，才解除驚險的場面。

歐弟從頭到尾笑得很樂，更覺得自己做得太棒了，「啊，我的螺旋槳應該不見了吧。」他趕緊伸手摸摸頭，可是，螺旋槳還在……

「怎麼會這樣？」歐弟失望的來到場外，那隻流浪狗正垂著尾巴晃來晃去。

「幫你幫你幫你，要怎麼幫你咧？」歐弟望著流浪狗說。

流浪狗看起來愁眉苦臉的，歐弟靈機一動：「啊，有了，你看起來一點笑容都沒有，我來逗你笑，一定就算是幫助你啦。」

歐弟飛到流浪狗身邊，開始幫牠搔癢，想惹流浪狗

笑。

不過，流浪狗被一搔，身體猛的往旁邊一跳，臉上露出驚恐的表情。

歐弟又是幾個連環搔，流浪狗都緊張的跳開，最後夾著尾巴，逃命似的跑走了。

歐弟根本沒想到，流浪狗看不見他，不管誰被看不見的東西搔癢，都會嚇壞的。

「搞什麼嘛！我是要幫你耶。」

流浪狗跑遠了，歐弟不死心的摸摸自己的螺旋槳，「哎，還在。算了算了，幫助別人這麼難，我不要幫了。反正我還是能飛，不能飛很高，也不會怎樣啊！」

歐弟放棄了。他覺得好累，找到一個堆滿落葉的樹洞鑽進去睡覺。

半夜，歐弟被一陣窸窸窣窣的聲音吵醒。他一看，又是那隻流浪狗。

寒冬夜裡的空氣像在冷凍庫裡凍過，流浪狗冷得受不了，好不容易找到這個樹洞藏身。

流浪狗一進來，樹洞變得好擠。不過歐弟睏得不得了，沒精神理牠。

然而，即使在樹洞裡，流浪狗還是一直抖，弄得牠身體下的落葉發出窸窸窣窣的聲音。

　　歐弟覺得好吵，卻因為很想睡，懶得起來把牠踢出樹洞，只用雙腳把身邊的落葉全踢到流浪狗那兒去，「去去去，落葉都給你，這樣總該不抖了吧。」

　　流浪狗身上覆蓋上滿滿的落葉，似乎溫暖許多，也不再劇烈抖動。

　　歐弟這也才繼續鑽進甜夢裡。

　　他睡到天快亮時，睜開迷濛的眼睛。眼前的流浪狗雖然睡著，枯瘦如柴的身體還是一陣一陣微微抖著，一陣一陣微微抖著。

　　歐弟盯著流浪狗直看，心裡不知道為什麼也輕輕一抖。

　　他自己有點嚇了一跳，還發了一會兒呆。接著，他用不耐煩的語氣念道：「喔，喔，喔，你是練過抖功是不是？怎麼這麼會抖？可不可以不要抖了哇。」

　　他一邊抱怨，一邊卻挨了過去。

　　然後，他也不曉得怎麼搞的，竟然把自己又輕又溫暖的身子，貼在流浪狗身上。

不一會兒，流浪狗身體完全暖和起來，不再發抖了。

　　歐弟感覺到了。他悄悄對自己說：「嗯，天還沒亮，我也再睡一下吧。」接著閉上眼睛。

　　就在那一刻，歐弟頭上的螺旋槳消失了。

　　樹洞外，寒風呼咻呼咻吹著。樹洞裡，小鬼與小狗窩在一起，暖暖、暖暖的睡著……

　　　　　　——原載 2010 年 1 月 28～29 日《國語日報・兒童文藝》

Part.06

大團圓除夕

Fairy Tales

春

狐狸村住著許多狐狸，其中有個狐狸奶奶，自己一個過生活。

除夕就要來了，家家戶戶忙著大掃除、採買年貨。

除夕這天，狐狸奶奶什麼也不想準備，便出去散步。她瞧見有小狐狸幫忙爸爸貼春聯；有小狐狸跟在媽媽後頭，提著年糕、雞鴨回家……

逛了一圈，狐狸奶奶回到家，覺得特別冷清，還想起以往兒孫在身邊時，小孫子最喜歡纏著她做年糕、發糕。

「家裡有糯米，糖、發粉這些材料也不缺。嗯，我來做做年糕和發糕吧。」她拿出材料，覺得自己手腳變得不太靈活，「唉，還真不知道做得動做不動呢？」

她忙了一會兒，發現窗口擠著好多顆小腦袋，好奇的看著。

「咦？你們不在家幫忙，跑到這兒做什麼？」

有小狐狸說：「我爸媽叫我出來玩。」

其他小狐狸附和著：「我也是。」

「奶奶，你在做什麼呀？好像很好玩。」有個小狐狸女生問。

「我要做年糕和發糕。」

大團圓除夕

「市場賣的年糕和發糕嗎？」

「是啊，自己做的很好吃呢。你們想不想學呢？」

小狐狸們爭著說好，湧進狐狸奶奶的家。

他們動作又快又靈活，狐狸奶奶就坐著動口指導。

「糯米要先做成米漿……」

「要做成發糕的話，米漿得加發粉……」

有個小狐仙剛好跑到這兒，愛玩的他興奮的加入行列，跟著做米漿、加糖攪拌……小狐狸們七手八腳的，根本沒發現多了一個看也看不見、摸也摸不著的小狐仙。

年糕放進蒸籠蒸了！

發糕放進蒸籠蒸了！

小狐仙以為「年糕」是「黏糕」，還聽說「發糕要發一點才好」，所以使了法術，要讓黏糕黏黏黏，發糕發發發。

結果，有個小狐狸一拿起蒸好的年糕，雙手就黏在上頭。他想拔起雙手，卻沒辦法，還一個踉蹌，往牆壁撲去，年糕啪的黏在牆上。大家趕緊來救他；像拔蘿蔔一樣，一個小狐狸抱住一個小狐狸的腰，排成一列，用力拔呀拔。

哇，總算「拔」起來了！大家一陣歡呼，還直呼好玩，並繼續玩著「拔黏糕」。

　　發糕呢，被小狐仙施了法術，蒸著蒸著，竟然不斷膨脹，撐破了蒸籠，還繼續膨脹，看得狐狸奶奶和小狐狸都呆了。

　　最後，發糕發得像座小山，要小狐狸們合力才勉強扛到地上。

　　「發糕這麼發，來年大家一定會發發發。」狐狸奶奶說。

　　不過，這麼大的發糕怎麼吃呢？小狐狸們很有創意，把發糕挖成中空，還挖出窗戶、門，挖成房子模樣。挖起的發糕，有的放在旁邊，有的塞進嘴裡，吃得肚子都鼓起來了，然後在「發糕屋」鑽進鑽出。小狐仙也跟大夥兒玩得很開心。

　　天晚了，小狐狸們的爸媽找來了，看著「黏糕」、「發糕屋」，和一屋子玩瘋的孩子，都傻了。

　　他們要帶小狐狸們回家圍爐，大家卻哭鬧著要留下來繼續玩。

　　狐狸奶奶和大人們又哄又勸，卻沒辦法。

　　其中一個狐狸媽媽，看到狐狸奶奶有孩子圍繞，眼中出現失去很久的光彩，於是悄悄回家，端來年菜，跟她的孩子說：「回家幫忙端年菜吧，我們到這兒來跟狐狸奶奶圍爐。」

　　「我也要！」

　　「我也要！」

　　小狐狸們全衝回去，搶著將家裡的年菜端來。

　　狐狸奶奶家門前的廣場，燃起火堆。好多狐狸家庭跟狐狸奶奶在廣場一起圍爐。

　　火堆霹靂啪啦響，孩子們在屋裡、屋外嘻笑奔跑，小狐仙也跟著在屋裡、屋外嘻笑奔跑。

　　這一年，狐狸村有個大團圓除夕夜。大家的臉被火光照得好亮好亮；大家的心也都被籠罩在爐火暖呼呼的熱氣中呢。

──原載 2009 年 1 月 24 日《國語日報．兒童文藝》

Part.07

小螞蟻愛「故事」

有個年輕訪客，總是在陽光金燦燦的午後，夾著一本書，走進森林，倚著大樹的樹幹，翻開書頁閱讀起來。

　　他讀著書，有時候挑高眉毛、張大眼睛，有時候拍手大笑，有時候眼裡一閃──晶晶亮亮、晶晶亮亮，淚珠就滾滾落下……

　　小螞蟻丹丹觀察年輕人很久了。他感到很不可思議：年輕人手上的那個玩意兒，到底是什麼？怎麼能讓人一會兒笑，一會兒哭，一會兒激動，一會兒又像走進深深的山谷一樣，好靜好靜？

　　一天，年輕人看完書，掩上書頁，丹丹聽他喃喃自語著：「這故事太棒了，我一定要借給朋友看。」

　　年輕人將書擺在草叢上，閉上眼睛，又一次品嘗書裡的各種滋味。

　　風兒吹來，吹得書頁啪啪響，也掀翻書頁。

　　丹丹爬啊爬，爬到書頁上，看了老半天。

　　「噢，這是什麼啊，看也看不懂！唉，人的世界跟螞蟻的世界完全不一樣。讓人又哭又笑的『故事』，對螞蟻來說，原來是一大團一大團又黑又扁的怪東西。」

　　丹丹爬下書頁，往前爬去，一邊想：「要是有螞蟻能

懂的『故事』就好了！咦？說不定有喔，只是我不知道。好，我來問問別的螞蟻。」

丹丹問了半天，解釋「故事」解釋了半天，得到的卻往往是這樣的回應：「哇哈哈，笑死我了，你是螞蟻耶，幹麼想跟人一樣，讀你說的那個什麼『故事』呀！別作夢啦，趕緊去找果實，儲存食物比較重要啦。」

但是，丹丹不死心。他覺得生活裡不該只有食物，不該只有工作。他想像年輕人一樣，能一下子開心，一下子難過，一下子好像有新發現而欣喜、興奮……

然而，他問了再多螞蟻也沒用。

一天，丹丹爬啊爬，眼前擋著一片大而枯黃的落葉。丹丹腦中靈光一閃：問螞蟻沒結果，問枯葉試試看吧。

丹丹開口了，「你好，請問你知道『故事』這種東西嗎？」

「啊……」枯葉的聲音很沙啞，「你是說『故事』嗎？我當然知道！」

「真的嗎？你知道那種由一大團一大團黑黑的怪東西組成

的『故事』？」丹丹很興奮。

「喔，你說的那是『文字』，人們用它來寫『故事』，表達『故事』。」

丹丹覺得枯葉真有學問。

枯葉繼續說：「至於『故事』呢，我本身就是一個故事，你自己也是一個故事，森林裡的萬物都有自己的故事⋯⋯」

「嘎？」枯葉說的，丹丹一時沒辦法懂。

枯葉看丹丹的模樣，因此又說了：「讓我來告訴你我的故事吧。」

枯葉說起自己曾經是濃綠的葉片，當他枯黃時，其他和他一樣即將掉落的葉片，都十分沮喪，想著自己只有落入土裡腐爛的命運，但枯葉可不。他想有更多不同的體驗；離開枝頭，自由了，就可以到更多地方，遇到更多不同的人、事、物。於是，當他掉落枝頭，便奮力一躍，剛好乘上一陣風，飛走了。

風將他吹進一位松鼠奶奶的窗口。「喔，我正在想念離開好遠好遠的小孫女呢，這片葉子剛好當我的畫布。」

松鼠奶奶把各種顏色的漿果搗爛、調和，當成顏料，

在枯葉上畫下小孫女。

一陣風又吹來，將枯葉吹出窗口。

「喔喔，風來帶走我的思念了。去吧，去吧，飛去我的小孫女那兒吧。」

風太隨興，沒辦法當個盡職的信差。枯葉隨風飛了不久，就掉落地上。一隻鳥兒看到枯葉，「喔，這上面畫著的不就是妙妙森林的小松鼠咪咪嗎？很漂亮的一幅畫呢，讓我來帶給她吧。」

鳥兒飛了很久，才飛到妙妙森林，將畫送給咪咪。咪咪很開心，知道那是奶奶對她的思念。她也找到一片枯葉，畫上奶奶的模樣，請鳥兒帶去給奶奶。

沒想到，鳥兒卻帶著壞消息回來：松鼠奶奶突然生病，死了。

咪咪又震驚又傷心，過了好一陣子，才慢慢回復過來。

後來，她將自己要送給奶奶的畫，貼在牆上，常常想著奶奶。

她還將奶奶送給她的畫，做成風箏，放上空中。她想：這樣天上的奶奶就可以看到她了。

一次，風太大、太強，風箏被吹得脫離咪咪的手，翻飛上天。

　　「飛吧，飛吧，飛到我天上的奶奶那兒去吧。」咪咪在地上追著風箏，一邊大喊。

　　風箏飛得好高，咪咪在天上的奶奶一定看到了，也一定知道小孫女的心意。

　　風停時，風箏落進一條河裡，隨波飄盪，風箏線也脫落了。

下過雨，葉子中間的凹陷處，積了一些雨水；上頭的畫也被沖刷成一片斑斕的顏色。

一些調皮的小蝌蚪游到葉子當中玩，青蛙媽媽看到，呵呵笑了，「這可以當搖籃呢。」她和青蛙爸爸一個一邊，推著搖籃晃啊晃，小蝌蚪們都樂得扭著小尾巴。

每天，蝌蚪搖籃那兒，總是傳來開心溫暖的笑聲。

一直到小蝌蚪們長大，搖籃也空了。

不久，一陣大雨將搖籃沖到岸上。

夜裡，一群螢火蟲飛來。他們發現那樹葉的色彩好美、好特別，便聚集在上頭不肯離去。

那個晚上月亮沒出來，聚集著螢火蟲的枯葉，看起來就像一盞亮燦燦的燈。

喜歡在夜裡閱讀森林裡的一切，然後吟成詩的貓頭鷹，正苦惱著每當沒有月亮的夜晚，就沒辦法做自己喜歡的事。所以，當他發現這個燈，心裡的喜悅也點亮起來了。

他請螞蟻將葉片咬出小洞，拜託蜘蛛吐絲從洞眼穿過，好讓他能將這個燈掛在枝頭。

螢火蟲也愛聽詩，所以總是飛來，點亮了燈，點亮了

森林，點亮了貓頭鷹的詩心。

「後來，經過風吹雨打，蜘蛛絲斷了，我從枝頭掉落，又隨著風飄到這裡……

「我曾經是一片樹葉，然後成了枯葉，又曾經是一幅畫、一個風箏，還是一個搖籃，更曾經是一盞有詩相伴的燈。這就是我到現在為止的故事。」枯葉說著。

丹丹沉醉在枯葉的故事裡，過了一會兒，才說：「你的故事真好聽，讓我一下子難過，一下子驚喜，一下子又好像……好像心裡有什麼說不出的東西。」

這時，正是陽光金燦燦的午後，年輕人夾著書本走進森林，看到枯葉，撿了起來：「喔，一片枯葉！但多麼特別、多麼美啊！我要將它當做書籤。」

年輕人把枯葉夾進書本的故事裡。

枯葉的故事還會繼續下去。

小螞蟻丹丹呢，他也知道哪裡有他最愛的故事了。每當他遇到一朵落花或一枝草……都會打聽他們的故事。

丹丹還希望有一天，枯葉書

籤會從年輕人的書本滑下來。這樣，他就能問問枯葉後來又發生了哪些故事。

　　其他的螞蟻都只知道工作，只有丹丹擁有許多故事。而他本身，也是一個故事呢。

——原載 2009 年 8 月 25 ～ 26 日《國語日報 · 兒童文藝》

★ 童話列車 · 周姚萍童話 ★

Part.08

「嚇一跳」玻璃鞋小姐

Fairy Tales

鞋子森林裡，有運動鞋、舞鞋、高跟鞋等各種鞋子。他們被扔掉後，就出現在這個專門給舊鞋生活的森林中。

這些鞋子由於不用再被人們「踩」在腳下，所以多半開心地做著喜歡的事。

像是有些運動鞋，總是充滿活力地跑哇跑的，有時遇到趕路的小蟲心急卻緩慢地爬呀爬的，還會說：「哎呀，來搭我這『便車』比較快啦。」

有的舞鞋，喜歡把林子當舞池，沿著小徑一路跳哇跳，跳一段優雅的華爾滋，來一段活潑的吉魯巴……當舞鞋跳著，遇上張望的動物，就邀請他們也一起跟著跳，結果往往變成了動感森林舞會。

一天，森林裡出現一雙特別的鞋子：那是玻璃鞋。對啦，就是灰姑娘穿的那種！這雙玻璃鞋的鞋跟還斷了呢！也許是哪個版本的《灰姑娘》，裡頭的灰姑娘太粗魯，把它給穿壞了？還是灰姑娘那壞心腸的姊姊，一雙肥腳塞不進去，就氣得把它的鞋跟弄斷了？

這雙玻璃鞋，孤零零的，動也不動。

其他的鞋子遠遠看著，忍不住說：「好像不能動了耶。」

「這樣一定很難過吧！」

「是啊，好可憐。」

大夥兒議論紛紛時，玻璃鞋小姐就靜靜待在那兒。

「她也不想跟我們打招呼喔。」

「是啊，好像很害羞。」

……

後來，大家也就散了。不過，有幾雙熱心的鞋子，倒是討論起要想些方法，讓玻璃鞋小姐開心一點，跟大家熱絡一點。

第二天，這幾雙鞋子約好在溪邊，討論自己想到的方法。

當大家到齊，要開始討論時，卻因為看到一個情景，而訝異得簡直要跳起來啦。

昨天看起來還可憐兮兮的玻璃鞋小姐，竟然在湍急、有著不少石頭的溪流中，一邊唱歌一邊愉快地游泳。她輕盈地穿梭在石頭間，泳技看起來很不錯。

「好厲害呀！」

「跟昨天看到的都不一樣！」

「可是，她是怎麼跑到溪裡的？」

「對啊，她等一下又怎麼從溪裡上來？」

「不會被溪水愈沖愈遠，沖到大海裡去了吧！」

「然後，撞上船，碎了……」

「這樣就糟了！」

正當大家焦急地沿著溪岸跑起來，想去救玻璃鞋小姐時，溪流上方有一小塊陰影快速移動著。

大家抬頭一看，呵，幾隻小鳥銜著藤蔓，藤蔓纏在玻璃鞋小姐身上。小鳥們就帶著玻璃鞋小姐飛；玻璃鞋小姐身上還水淋淋，閃閃發亮呢。

「原來是拜託小鳥幫忙。」

「很炫耶，還可以飛。」

「嗯，我也很想飛飛看呢。」

大夥兒對玻璃鞋小姐的同情，竟然成了羨慕。

「真是讓人嚇一跳的玻璃鞋小姐！」

「是啊，精力充沛，又很開心的樣子。」

小鳥飛呀飛，鞋子們跟著跑哇跑。

「幫我纏在樹枝上好嗎？我想盪鞦韆。」玻璃鞋小姐以甜美輕快的聲音說道。

小鳥照著玻璃鞋小姐的要求，將她用藤蔓纏在樹枝

上。於是，玻璃鞋小姐就悠悠晃晃盪起鞦韆。

當玻璃鞋小姐發現好奇又訝異的鞋子們時，還開朗地喊著：「要不要也來玩？」

心直口快的運動鞋衝口說：「我們昨天看到你，還以為你很內向，而且『動』不了，很可憐……」

「昨天？」

「是啊，昨天你剛出現在鞋子森林的時候。」

「喔——那時候我正在想，要怎麼展開新生活，怎麼讓你們嚇一跳！可能想得太專心了，所以沒注意到你們的出現。」玻璃鞋小姐露出亮閃閃的微笑。

「我有沒有讓你們嚇一跳啊？」她說著，照在她身上的陽光，似乎也調皮地跳動著。

「你真的讓我們嚇一跳耶。太難想像了啦，昨天看起來還很需要幫助的樣子，今天卻……你知道嗎？我們還想著要怎麼幫你的忙呢。」

玻璃鞋小姐哈哈笑了，「我就是讓大家嚇一跳的玻璃鞋小姐啊！以後就請叫我嚇一跳玻璃鞋小姐吧！」

森林裡，出現了這雙嚇一跳玻璃鞋小姐，可更有活力了。她會在溪裡游泳，還邀請小魚搭上她這艘「玻璃

船」；一些斷了翅膀不能飛的昆蟲，喜歡坐在她身上盪鞦韆；她還會請小動物在她身上裝水，放在陽光下，折射出美麗的彩虹，充當舞會的燈光……

　　她還準備想出更多嚇一跳的點子，讓大家嚇一跳，再嚇一跳呢！

——原載 2007 年 9 月 19 日《國語日報‧兒童文藝》

Part.09

會畫畫的雲

小兔子喜歡跑到草原上放風箏。

這天，風很大，小兔子一段一段放著線，看風箏愈飛愈高，飛上了雲端。

「哇！好高喔……」小兔子也像飛到高高的空中似的，心情輕飄飄，整個身體也隨著輕飄飄。

不過，風一下子停了，停得好急好急，原本高飛的風箏「咻——」的墜落下來。

「啊！啊——」

風箏乘著風，急速掉落在草原旁的林子邊。

「唉呀，一下子就掉下去了，不知道有沒有摔壞？」小兔子趕緊循著風箏線找過去。

還好，風箏落在一棵樹的枝葉間，看起來好好的。唔？不過，真奇怪，風箏怎麼好像「抱」著一團白白胖胖的東西！

小兔子輕輕拉著風箏線，樹上的風箏便緩緩與那團白胖的東西，一起離開枝葉，靜靜飄落。

小兔子看清楚了，風箏兩條長長的尾巴正好纏住那個白胖的東西。

「是什麼啊？好像一朵雲喔……」小兔子盯著白胖的

東西看。

　　就在她喃喃自語時，起了大風，吹得她手上的風箏啪啪響，也把風箏尾巴吹得快脫離那個白胖的東西。

　　那個白胖的東西好像快飛走了，還發出焦急的聲音：「快！趕快抓住我，不然我要飛回天上了……」

　　小兔子嚇了一大跳，但還是手腳很迅速的抱住白胖的東西。

　　「呼——還好，還好你動作快，要不然我就飛走了。」

　　「你……你是……」小兔子低下頭，張大眼睛看著懷裡那個白胖東西。

　　「我是天上的雲。我一直很想到地上玩；不過，要不是你的風箏把我帶下來，我還沒辦法實現心願呢，因為雲太輕了，只能飛在天上。」

　　「是雲耶……」小兔子嘴巴張得好大。

　　「沒錯！對了，可以請你再用風箏尾巴綁住我，然後拉著風箏線，帶我在森林裡逛一逛嗎？我一直都只能從很高的地方看著森林，現在好不容易有機會來這裡，很想到處參觀參觀。」

「嗯，好哇，好哇。」小兔子意外有一位白雲訪客，感到很驚喜。

她帶著小白雲逛遍森林。

小白雲對於一棵棵樹層次不同的色彩，感到很著迷；小白雲在草地上滾哪滾，刺刺癢癢的感覺惹得他呵呵笑；小白雲拚命吸氣聞著各種花香，沒想到身體竟然膨脹起來，變得更胖啦……

逛累了，小兔子帶著小白雲回到她家。

位在樹洞的小兔子家，外頭正晾著一床雪白的床單。

旁邊樹叢中紅的、紫的、粉的各色漿果，結實累累。不過，不知道是烏鴉還是什麼鳥類，惡作劇似的將許多漿果啄得掉落一地，再加上可能有動物走過，不小心踩到，地上有些漿果變得溼溼糊糊的。

小白雲看到這些流淌在地上，好像顏料似的漿果糊，興奮的飛過去，用自己棉絮般的身體沾上不同的漿果顏料，飛到雪白的床單前。然後，他像想起什麼似的，問小兔子說：「這上面可以畫畫嗎？我好想畫畫喔。」

「畫畫？」小兔子顯得有點驚訝。

「不行嗎？你喜歡白白的床單？不喜歡有圖畫、彩色

的床單？」

小兔子搖搖頭，「有圖畫、彩色的床單很棒啊！我只是從沒有想過在床單上畫畫。」

「那就讓我來畫出彩色床單，送給你。」小白雲開心的在床單上畫起來。

粉的、紅的、紫的……

小兔子看呆了。

小白雲畫了一半，還要小兔子幫忙把掉落在地上的綠葉，以及黃的、藍的等不同顏色的落花，用石頭磨成顏料，再把不同色彩的顏料搭配混合，做出更多變化。

小白雲畫好了，小兔子忍不住喃喃說道：「好漂亮！小白雲，你畫得好有美感，真是一個厲害的畫家耶。」

身上沾滿各色顏料的小白雲，笑得兩頰變得更胖更鼓，「我可是小溪的服裝設計師之一喔，畫的東西當然有美感囉。」

「小溪的服裝設計師？」

小白雲又笑了，「我有一群白雲好朋友，都是小溪的服裝設計師。來，我帶你去看。」

小白雲帶著小兔子離開森林好一段距離，來到一條溪

74

流邊。

「哇，好美喔，我從來沒來過這邊耶。」

溪流旁邊堆疊著許多大的、小的石頭，石頭上覆滿厚厚的濃綠苔蘚；許多姿態各異的樹木，還有藍天一朵朵白雲，映在溪流水盈盈的衣服上，就像那衣服上最美的花樣。不時還有幾朵紅花或是幾片黃葉，緩緩飄落在溪水裡，為這美麗的衣裳點綴上更繽紛的流動色彩。

「小兔子，你看，天上那些白雲都是我的好朋友。我們最喜歡聚集在這裡，為溪流設計它服裝的花樣。這可不簡單，要好好審視當時的光線，要仔細推敲當時溪流服裝原本的襯底，然後大夥兒開始討論各自映在哪邊最適合、最協調，還有，要各自變成什麼模樣，搭配起來，才會呼應原本的襯底，產生活潑俏皮、或詩意優雅的效果……」

「哇！真的太美了。你們實在是最厲害的服裝設計師。」

小兔子說完，抬頭看著天空，她覺得天上那些雲朵好像在跟他們揮手、打招呼。她忍不住也舉起手來揮著。

就在她揮手時，又來了一陣不小的風。她想起綁著小白雲的風箏尾巴可能被吹鬆，趕緊低頭一看。

沒想到，小白雲真的已經快從風箏尾巴鬆脫了。

「小白雲——」

就在小兔子伸出手要抓住小白雲時，又吹起一陣很急的風，來不及了！身上還沾著殘餘顏料的小白雲，好快好快的飛上天，只留下溜過她的手時的微微的鬆軟感覺。

「啊……」

等小兔子回過神來，小白雲早就飛得很高了。

「小白雲，你要回去了？再見，再見。」小兔子又蹦又跳，用力揮手大喊。

「小兔子，再見，再見。我離開天上好一陣子了，得回去了。我的朋友都在呼喚我呢。」小白雲也大喊著。

「下次再來森林玩喔，我會很想念你的。」小兔子又喊。

「嗯，我也是，我一定會很想念你的……」小白雲的聲音聽起來愈來愈小。

等小白雲飛到天上的雲朵群當中，他一身的顏色慢慢渲染開來，染得天空和他身邊的白雲，有橘的，有黃的，有紅的，然後又有粉的、藍的、紫的……

小兔子傻傻看著，過了好一會兒，她才喃喃說出一

句：「啊，是黃昏了。」

　　她再看看溪流，溪流的衣裳這時也整個改換成斑斕的色彩，展現另一種美。

　　小白雲回到天上後，小兔子常常到小溪邊，抬頭看著藍天上的雲朵，也欣賞溪流水盈盈的衣服上，雲朵、石頭、樹木、落花搭配變化出的各種花樣和色彩。

　　小兔子也時常放風箏，希望風箏收回或落下時，尾巴能夠纏繞著一朵白白胖胖的雲。

　　不過，這個願望卻沒有實現過。

　　但是小兔子不難過，因為她總是可以在藍天上、在溪流水盈盈的衣服上，看到小白雲。

　　小兔子還學小白雲，將不同顏色的漿果、花朵、樹葉磨碎，當作顏料，畫在雪白雪白的風箏上。

　　於是，當五彩繽紛的風箏飛上天，飛到雲朵當中時，小兔子很清楚，小白雲以及他的朋友一定會看到，就像自己一定會看到溪流中的他們，並知道這是她送給他們的禮物，就像他們，也總是送給她一整個天空和一整個溪流的美麗呢。

——原載 2008 年 11 月 5 ～ 6 日《國語日報‧兒童文藝》

Part.10

滾

Fairy Tales

　　刺蝟太太和刺蝟先生的個性很不相同，刺蝟太太很嚴肅，刺蝟先生卻不管在什麼時候做什麼事情，都像玩遊戲似的。

　　比方說，刺蝟太太一本正經地要刺蝟先生去採果子，還幫他準備好一個裝果子的袋子。結果呢？刺蝟太太等啊等，等著刺蝟先生採果子回來，好做水果派，沒想到，等了好半天，刺蝟先生連個影子都沒出現。

　　他在哪兒呀？採了果子了嗎？

　　哎呀呀！他是採了果子，但並沒有正正經經地放在袋子裡，而把果子插在自己的刺上頭。刺蝟先生走在森林裡，惹得小熊、小兔子、小松鼠都圍在他身邊嘻嘻哈哈的，覺得好有趣。

　　刺蝟先生更是起了興致，想出好點子：「嘿，我們來玩『丟果子』的遊戲吧！」

　　「丟果子的遊戲？」

　　「嗯！你們把我身上的果子拿下來，然後比賽誰能把果子往我身上丟，還正好插在我的刺上頭。能夠正中愈多的，就是第一名。」

　　哇！這可好玩啦！

小熊、小兔子、小松鼠興奮的比賽起來。

　　但是，對刺猬太太來說，這可不好玩，一點都不好玩！她沒等到刺猬先生，氣沖沖的跑出來尋找，看到刺猬先生正跟一群小動物玩得正開心，一堆果子也已經丟成爛果子啦！她真是生氣呀！氣得尖刺似乎都冒煙啦！小動物們嚇得趕快逃走。只剩下刺猬先生還高高興興的把爛果子收拾收拾，對著老婆說：「這樣很省事吧！大家幫你把水果餡都做好了！」

　　嚴肅的刺猬太太加上不嚴肅的刺猬先生，總會發生以上這種狀況。

　　這天，這對夫妻又吵架了，喔，不！應該是說，嚴肅的刺猬太太又對不嚴肅的刺猬先生感到生氣，氣到不僅好像尖刺冒煙，更是看也不想看到刺猬先生，於是對著他喊道：「滾！你給我滾！」

　　不嚴肅的刺猬先生覺得老婆這個點子還不錯：不走路，而用滾的！因此，他開開心心的縮起頭，從位於小山坡上的家裡，滾哪滾，滾哪滾，滾下了山坡。

　　滾哪滾，滾哪滾，森林裡的小動物看到了，都覺得有趣極了，紛紛跟著刺猬先生跑，有的還跟著蜷起身體滾哪

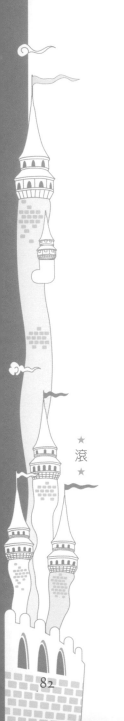

滾；只是他們都小心的保持距離，因為要是跟刺蝟先生撞上了，那可要疼上好久呢！

刺蝟先生滾得可高興啦！一直到他撞上一棵大樹，才停下來。

「真有趣耶！」看到其他小動物也學著他「滾」，刺蝟先生更是靈光一閃，「我們來舉辦個『滾滾』大賽，大家一起好好的滾一滾，愛怎麼滾，就怎麼滾。」

刺蝟先生的點子得到許多動物的贊同，森林裡的大樹上張貼出「滾滾大賽」的海報。

滾滾大賽

你給我滾！

愛怎麼滾，就怎麼滾。

可以滾得高興就好！

也可以滾得很有創意！

大家一起滾！滾！滾！

「滾滾大賽」引起許多動物想參加的興致。小兔子尋找著最適合練習「滾」的山坡，希望能滾得最快；小猴子

想要練成一種融合了「跳躍」和「滾」的花式滾法，也就是先在樹木之間來個令人眼花撩亂的跳躍，再由樹上連著三個翻滾落地，一路翻滾而去。

不過，有的動物想要參加，卻發現有困難……

像是，剛生了一窩蛋的鳥媽媽，也好想參加「滾滾大賽」，於是，趁著孵蛋的空檔，打算試著蜷起身體滾滾看，然而，每次她一滾，原本縮起來的腳總是又自然的伸直，讓她卡住，滾也滾不動。

還有，鱷魚想來個創意滾滾，他不想和大多數的動物一樣蜷起身體滾哪滾，不過，一時之間，卻想不出什麼好玩的滾法！他想啊想，一邊想一邊不自主的揮動尾巴……

再看，山羊也想痛快的滾一滾，玩一玩，但是他頭上的角，讓他滾也滾不動。他試了幾百次也不成功，氣得用角去頂林子裡從大樹掉落的斷木。

「滾滾大賽」的時間到了，小兔子、小猴子、小熊……都蜷起身體，快快樂樂的滾哪滾。

滾哪滾，滾哪滾，一群蜷成一團的動物滾哪滾，咦？有根木頭也以快速度滾哪滾的。

是山羊！他在練習過程中因為不斷失敗，氣得用角去頂斷木，斷木上的小樹枝卡在地上，但幾次下來，小樹枝斷了。山羊發現，小樹枝一斷，斷木居然能滾上一小段距離，於是，他把小樹枝全弄斷，還把斷木弄得光光滑滑

的，然後用力一頂或是一踢，斷木也就滾滾滾。

　　哇，更好玩的是，竟然有鳥蛋排成一列滾滾滾。原來，鳥媽媽滾不成，難過得不得了，而鳥蛋寶寶為了讓媽媽開心，於是代替媽媽滾哪滾，滾哪滾！

　　啊！危險！有好多圓圓的石頭滾過來了，嚇得動物們趕緊跳起來，跑走了，只有鳥蛋依然還在滾哪滾。

　　危險！危險！危險！

　　就在這緊急的時刻，喀喀喀，鳥蛋裂開了，小鳥跑了出來，在一旁的大鳥們正好要過來搶救，便銜起小鳥們飛走了。

　　這會兒，只剩下圓圓的石頭滾哪滾。這可是鱷魚的傑作呢！他不是想來個創意滾滾，又想不出點子嗎？正巧，他一邊想，一邊揮動尾巴，尾巴打到河岸的石頭，方的石頭滾不了，三角形的石頭也滾不了，被水沖刷得圓圓的石頭，滾得可快啦！於是，「滾滾大賽」這一天，鱷魚就用尾巴揮打圓石頭，讓圓石頭飛速滾動。

　　咦？圓石頭滾開了之後，「滾滾大賽」的發起人刺蝟先生，也悠閒的滾了過來，滾哪滾，滾哪滾。

　　陽光正好，刺蝟先生覺得這樣慢慢滾，一邊曬著太

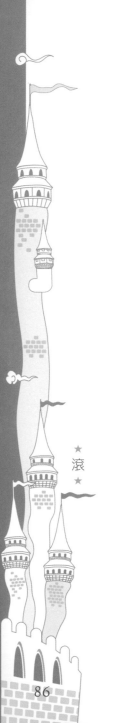

陽，真是舒服。

咦？另一頭，怎麼也有一團刺滾了過來，哎呀呀，兩團刺正好撞到了一起，還親了個嘴。

刺蝟先生站起來，一看，另一團刺竟然是刺蝟太太！

刺蝟先生真驚喜，「嘿！你也來參加，還親了我一下，我覺得這是『滾滾大賽』最好的獎品啦！」

「誰……誰來參加什麼的，什麼鬼東西呀！我是不小心在山坡上跌了一跤，就滾下來，還撞到你，還有還有，我可沒親你！」刺蝟太太生氣地說。

刺蝟先生依然笑呵呵的，「那也沒關係，雖然是不小心，但是滾的感覺還不壞吧！來！我們一起滾，還可以一邊曬太陽，很舒服呵。」

「什麼？誰要滾哪！從來只有我叫你滾，哪輪得到你叫我滾？」

「是啊！就是因為你叫我滾，我才知道『滾』還真好玩呢！」

小動物們也圍攏過來，紛紛說道：「刺蝟太太，謝謝你，原來是你叫刺蝟先生『滾』，讓他知道『滾』很好玩，我們也才有這個有趣的『滾滾大賽』。『滾』真的很

好玩，我們一起滾吧！」

　　大家熱情的感謝著刺蝟太太，還邀請著刺蝟太太，刺蝟太太不太好意思，於是就跟著刺蝟先生滾了起來，慢慢的滾，一邊曬著太陽。

　　嗯！刺蝟先生說得好像沒錯，還挺舒服的。嗯！是從來沒有過的舒服！

——原載 2005 年 7 月 27 ～ 28 日《國語日報・兒童文藝》

Part.11

小魔女淘淘和淘淘雲

Fairy Tales

小魔女淘淘就像她的名字一樣，非常淘氣。

淘淘的媽媽是個魔女，爸爸是個普通人。他們住在爸爸出生、成長的城市——春水城。那裡的人都不會魔法，所以，媽媽幾乎不用魔法，也沒教過淘淘魔法。

不過，淘淘的外婆常來看她，有時也將淘淘接回魔法國住，因此，淘淘從外婆那兒，學會許多魔法。

「在春水城不准用魔法，等去了魔法國，要用再用。」媽媽總是這麼交代。

然而，淘氣的淘淘卻不時調皮的使出魔法。

像是在教室吃營養午餐時，因為老師也在，四周靜悄悄的。淘淘覺得沒趣，便念了咒語，讓自己和同學所坐的桌椅，緩緩飛上空中，引得老師和其他同學發出驚叫。

這還不夠，再來個咒語，讓青椒飛進不愛吃青椒的拉拉嘴裡；讓丁丁手裡最愛的雞腿飛得老高，抓也抓不到，逗得老師同學全笑了。

又像是到公園玩耍時，淘淘覺得溜滑梯溜膩了，盪秋千盪煩了，開始想淘氣，於是使起魔法，讓枝頭盛開的花朵一起左邊點點頭，右邊點點頭，再前前後後點點頭，惹得大人小孩訝異極了。

小魔女淘淘和淘淘雲

還有，淘淘跟媽媽去逛百貨公司時，媽媽逛得很開心，淘淘卻覺得無聊，乾脆使起魔法，讓衣服、褲子跳出模特兒的身軀，跟著她在走道上遊行……

　　每次淘淘做出淘氣的事，媽媽就怒氣沖沖的大喊：「淘淘，你實在太淘氣了！」

　　淘淘總是吐吐舌頭，飛快逃開。

　　前不久，外婆又來看淘淘，還教淘淘變出她喜歡的寵物。

　　她們變出的寵物，不是小狗，不是小貓，不是黃金鼠，而是一朵會變身的雲。淘淘就叫它淘淘雲。

　　淘淘雲會變成小飛機的模樣，坐上去，咻一聲就飛上天；會變成椅子的形狀，坐在上頭，暖呼呼的，舒服極了；會變成一張床，又輕又柔，捏一捏，就能捏出一個雲朵枕，拉一拉，就能拉出一床雲朵被，說有多方便，就有多方便；還會變成一個大大的玩具熊，跟淘淘玩摔角……

　　這樣的寵物實在太棒了。

　　但是，媽媽規定淘淘，不可以把淘淘雲帶出去玩，就怕引起大亂。媽媽還說，要是淘淘不遵守規定，就要把淘淘雲送到外婆家。

淘淘不希望淘淘雲離開，只好乖乖遵守。

偏偏，淘淘雲就像小主人，也喜歡在無聊時，做些淘氣的事。

這天，淘淘在家實驗外婆教她的爆炸口味魔法湯。她非常期待煮出的魔法湯，喝進嘴裡，不但有爆炸的口感，最好還能產生讓頭髮爆炸的魔力，將她直直的頭髮、眉毛、睫毛，都「爆炸」成捲捲的。

淘淘十分專心，沒理會淘淘雲。

淘淘雲感到無聊，就偷偷從窗縫溜出去。

一開始，它飛得高高的，就像一般的雲朵，沒引起任何人注意。

它飛到一個廣場上，那裡有座很大的女神雕像。淘淘雲呼溜飛到雕像嘴邊，變成兩撇白色的八字鬍模樣。

有小孩看到了，舉著小手呵呵笑了，還跑去告訴媽媽。

車裡的駕駛等紅燈時，覺得很有趣，繃緊的心情也不由放鬆了。

大家都以為是哪個幽默的藝術家，為雕像做了有趣的小改變，好讓大家輕鬆輕鬆。

淘淘雲被注意夠了，趁著沒人留意，變回雲的形狀，飛走了。

它飛呀飛，看到有個教堂，外頭好熱鬧，一對新人剛完成教堂婚禮，走出門口，新娘子將捧花丟向人群。

淘淘雲覺得好玩，咻的飛下去，接起捧花，惹得大家驚叫。

新娘白色的蓬蓬裙好蓬，淘淘雲又把自己變得長長扁扁的，繞著蓬裙，一圈、兩圈、三圈……讓蓬裙變得更蓬了。

它還沒玩夠，竟帶著新娘飛起來啦。

「啊──」新娘大叫著，新郎趕緊追過去。

新娘伸長手，拉住新郎高舉的手，新郎也跟著飛上天。

新娘將另一隻手按在額頭上，喃喃自語著：「喔喔，我這是在作夢嗎？我一直希望有個夢幻、充滿驚喜的婚禮。難道老天讓願望成真了？」

而淘淘這會兒正慌張的在街頭跑哇跑；她發現淘淘雲不見了，焦急得不得了。

街上有許多人望向天空，像那兒有什麼奇景，淘淘也

趕緊抬起頭，「啊，是淘淘雲……」

淘淘一邊追，一邊喊：「淘淘雲，下來！淘淘雲，下來！」

但淘淘雲不曉得是真的沒聽見，還是假裝沒聽見，仍然繼續往前飛，把淘淘遠遠丟在後面。

淘淘雲飛哇飛。

新郎發現他們的新家就在下方，喊著：「是我們的新家！」

「要是能降落在新家，那就太完美了。」夢幻新娘喃喃自語。

淘淘雲正好累了，便緩緩下降在新居前，然後呼溜飛走了，留下新娘新郎不斷問著彼此：「這到底是夢？還是真的啊？」

一會兒，淘淘雲飛到一棟摩天大樓旁，然後靠在大樓的一片傾斜牆面休息。

一位嚴肅的男士從辦公室看到淘淘雲，不相信的跑到窗邊，「怎麼會？一朵雲！」

大樓很高，可以看得到遠處的天空白雲飄移，但是，一朵雲就這麼貼著窗戶，近在眼前，實在讓一個不愛作夢

的人難以相信。

「不可能！不可能有一朵雲貼在窗邊的。」那男士一轉頭，踏著嚴肅的大步回到辦公桌前坐下。

淘淘雲這會兒又有了精神，於是從窗縫溜進去，飛到那位正在低頭工作的男士面前，然後咻的一聲，朝男士的臉俯衝過去，貼在他的鼻尖上。

男士的眼睛睜大，再睜大，再睜大，然後「哇」一聲，叫得驚天動地，把辦公室外的人都叫了進來。

而淘淘雲呢，卻早已飛走了。

它飛呀飛，飛到一個賽馬場。那兒正在舉行比賽，跑道上一匹匹賽馬不斷往前衝刺。就在馬兒們前前後後即將衝刺到終點時，淘淘雲忽的竄進雜沓的馬群，變身成白色駿馬，從其中飛奔而出，一馬當先抵達終點。

「冠軍……冠軍誕生了！是一匹白色駿馬！但是，這匹白馬不知道是從哪裡來的。神祕的白馬，身輕如雲的白馬，到底是從哪裡來的？」

許多賽馬主人，看到淘淘雲變成的白馬，速度就像風一樣快，都以為是一匹神駒，紛紛跑過去，爭著說神駒是自己的。

淘淘正好找到賽馬場外，聽到喧鬧聲，跑進去一看，看到大家滿場追著淘淘雲變成的駿馬跑，還不斷喊著：「這馬是我的！」「是我的！」「是我的！」

　　淘淘雲耍淘氣，讓大夥兒追得你撞我，我撞你，亂成一團。

　　淘淘也跟著追喊：「淘淘雲，過來！淘淘雲，過來！」

　　等鬧夠了，淘淘雲竄到淘淘面前。

　　淘淘趕緊跳上淘淘雲變身的白馬背上，呼溜跑得不見蹤影。

　　白馬跑哇跑，跑回家。

　　他們跑進家門，媽媽還沒回來。淘淘氣得對著淘淘雲大喊：「淘淘雲，你實在是太淘氣了！」

　　淘淘雲飛快的躲進房間裡。

　　淘淘愣了一下，然後忍不住笑了起來，對自己說：「唔？我怎麼覺得我好像變成媽媽啦！」

——原載 2009 年 12 月 30～31 日《國語日報‧兒童文藝》

Part.12

今天「鬼當家」

達達吃東西總是隨隨便便，而且一定剩下一大半。達達的爸爸則總是狼吞虎嚥，忽略了食物的美味。

這天，達達的爸爸帶著他到餐廳吃飯。一進裡頭，他們就愣住了。

「這……這是怎麼了……」熟悉的餐廳，竟然完全變了樣，原本明亮的室內，變得幽幽暗暗的，只有牆上閃著幾簇冷藍的火焰；原本色彩明亮的桌巾，全換成慘白的顏色。

「好像鬼屋喔！」達達小聲的說，語氣中有一點點害怕，又有一點點興奮。

「啪」的一聲，爸爸打了達達的腦袋一下。「小孩子亂講什麼？一定是我昏頭了，走錯地方！」他正想帶達達走出去，卻被一隻軟軟、涼涼、滑滑的手抓住。

爸爸的心一揪，聽到背後傳來一個暗啞的聲音：「歡迎光臨『鬼當家』餐廳。」

爸爸和達達轉過頭來，張大眼睛喊著：「『鬼當家』！」

他們面前正是一個飄來飄去、留著鬍子、白色的鬼。在達達住的城市，每年都有個「鬼當家日」，這天，有某

種鬼會選中某個地方；不管他選中任何地方，那兒就由鬼當家，任何走進去的人，都得乖乖聽「鬼話」。

今天，是鬼當家日，飄飄鬼選中這家餐廳，達達和爸爸又正好走進裡頭。

這些鬼並不會做出嚇人的事，卻會對人們出些意想不到的題目，因此，達達和爸爸既興奮又緊張。

鬍子飄飄鬼凌空轉了一圈，轉起一陣旋風，「今天『鬼當家』，你們得聽我的。以往你們進餐廳付錢吃東西，但今天，你們得付錢，請我吃你們做的東西。」

「啊？」爸爸和達達同時大叫；他們從來沒煮過東西，更別說當廚師了，而且還得付錢哪。不過，「鬼當家」日，就算「鬼話連篇」，也不得不聽。

突然，桌上慘白的桌巾全凌空騰起，哇！原來那全是飄飄鬼變的。飄飄鬼們大聲唱起歌來：

　　鬼菜單　人間美味比不上

　　香煎岩塊　泥巴湯

　　脆烤磚頭　鐵鏽茶

　　還有還有

瀝青咖啡　黏膠餅乾

快快快

你要點　哪幾樣

鬍子飄飄鬼哈哈大笑，「嗯，這菜單好，好像每樣都很美味。好，就來個香煎岩塊，搭配泥巴湯吧。」

爸爸和達達對看一眼。

「怎麼辦？」達達小聲問爸爸。

爸爸說：「管他的！就來試試看囉！你想想，付錢做東西給鬼吃，做的還是吃都沒吃過的鬼料理，一輩子難得遇上一次。我們就來好好玩一玩吧！」

「聽說，鬼是不會對人做出不好的事啦，可是，要是我們做得太難吃了，他會不會氣瘋了，失去理智，把我們吃掉算數啊。」達達看了鬍子飄飄鬼一眼；他那顆大大的獨眼正盯著他們看，還真的有點恐怖呢。

「那……那我們就別玩啦！認真點做，就不會有事。」

爸爸連忙拉著達達跑到廚房，換上廚師服。

就在這時，咻咻，牆上幽幽藍藍的兩團鬼火，飛到爸

★ 今天「鬼當家」★

爸和達達面前，說：「我們是火爐，只要念口訣就能控制火的大小。」

接著，咻咻，兩個飄飄鬼飛來，一個變成平底鍋的形狀，一個變成湯鍋的形狀，架在鬼火上，說：「我們是鍋子。」

「哇，鬼火、鬼爐子，真神奇。」達達不由得興奮起來。

然後，又有一個飄飄鬼啪答一聲黏在牆上，變成扁平的形狀，上頭正好寫著香煎岩塊和泥巴湯的做法。

「是鬼食譜！太神奇了！」達達叫道，並喃喃念了起來，「煎岩塊的重點是要煎得酥脆。煎時用大火，油量不能過多，酥脆的要訣是不停翻面……爸，好有趣，我們就來煎個最酥脆的香煎岩塊。」

「好，你負責香煎岩塊，我負責泥巴湯。」爸爸也興沖沖研究起泥巴湯的做法。

他們從冰櫃拿出需要的材料。達達先調醬汁醃漬岩塊，爸爸則清洗起泥巴湯的配料──各式各樣的枯樹葉。

每當他們需要什麼東西，像是碗、筷子、菜刀，就會有飄飄鬼變身成這些器材的適當大小和形狀，供他們使

用。因此達達和爸爸都覺得好玩極了。

照著食譜做好必要的準備，達達的香煎岩塊要下鍋了。

「火大大，火大大，火大火大火大大。」達達念出控制火候的口訣，轟的，鬼火變大了，而且逐漸從冷藍變成火紅，鍋子裡的油也開始跳舞。

「嗯，就是這時候！」達達將岩塊放進鍋裡，發出「滋──」的一聲。

達達一心想煎出最酥脆的岩塊，揮動鏟子，為岩塊一次次翻面。

岩塊慢慢的變成褐色，邊緣還漸漸變得焦脆。「還不夠吧！可能還要再一會兒！」達達心想，繼續勤快的為岩塊翻面。

就在這時，爸爸由於太專心切枯葉，同時一邊將枯葉丟進爐子裡，竟然忘了念口訣將爐火變小，因此泥巴湯冒起滾滾泥巴泡泡，就像火山的岩漿似的溢流出來。

「喔！爸，你在幹麼啦！」達達喊道。

爸爸抹抹汗，趕緊念口訣。但一慌亂下，要念爐火變小的口訣，卻念成爐火變大的口訣！「火大大，火大大，

火大火大火大大。」轟一聲，爐火變得更旺，泥巴湯往上衝，就像世紀火山大爆發。

達達太擔心泥巴湯，忘了平底鍋的香煎岩塊，岩塊煎得過頭，整個變得焦黑，還「砰」的爆裂，碎成一塊塊往上飛。

「哇！」達達和爸爸抱頭逃命。

他們逃得遠遠的，看到往上飛的碎岩塊，咻咻咻往下掉，往上衝的泥巴湯也啪嗒往下落。有些碎岩塊沾上泥巴湯，掉了一地。

達達和爸爸眼睛瞪得老大，看著這一幕。

過了好一會兒，達達才說：「毀了！」

爸爸也喃喃念著：「毀了！」

偏偏廚房外頭傳來鬍子飄飄鬼不耐煩的聲音，「喂，我點的餐到底好了沒？」

「怎麼辦？」達達問爸爸。

「怎麼辦？」爸爸也問達達。

達達盯著腳邊一小塊沾了泥巴湯的碎岩塊說：「看起來好像滿好吃的。」

爸爸毅然決然的說：「已經沒有多餘的食材了，而

且，這也可以算香煎岩塊搭配泥巴湯啦。好！送出去吧。」

他們裝了滿盤沾上泥巴湯的碎岩塊；泥巴湯漸漸冷卻，就像酥脆的麵衣。

達達和爸爸戰戰兢兢的送出餐點：「老闆，您點的餐，請好好享用。」

鬍子飄飄鬼盯著餐點看了好久，看得爸爸和達達背脊都發涼了。

接著，他拿起一顆來放進嘴裡，「喀滋！」發出響脆的一聲。

鬍子飄飄鬼嚼了半天，最後從座位上飛起來，一隻獨眼笑成一彎新月，「呵呵呵，既有香煎岩塊的酥脆，還融合了泥巴湯的好味道。太美味了！太美味了！」

達達和爸爸高高懸起的心總算放下，並心滿意足看著飄飄鬼細細享用他們出自意外的料理，一直到他全部吃光光。

「叮咚！」餐廳的自動門開了，又有新客人上門。鬍子飄飄鬼迎向前去，大喊：「歡迎光臨。」

而達達和爸爸這時才發覺自己肚子正不停咕咕叫，好

像「飢餓二重奏」呢。

「好餓喔。」爸爸說。

「嗯，從沒這麼餓過。」達達說。

「走！我們去好好吃一頓。」爸爸說。

達達用力點點頭。

「鬼當家」餐廳裡，客人正付錢做菜給老闆吃。「鬼當家」餐廳外的一家麵店，達達和爸爸正吃著麵，達達吃得津津有味，而且全部吃光光，爸爸則細嚼慢嚥，學著鬍子飄飄鬼細細品嘗。

——原載 2009 年 9 月 28 ～ 29 日《國語日報 · 兒童文藝》

Part.13

「鬼當家」運動會

樂樂小學要開運動會了。有的孩子是運動高手，對於自己又有發揮的機會，感到很開心；但也有孩子抱怨著，每年的運動會都是一個樣兒，巴望能來點什麼特別的。

　　運動會這天一早，各班老師帶著學生在場邊整隊，做暖身操。

　　不久，集合時間到了，各班進了操場，校長老早就站在講台上，準備揭開運動會的序幕。

　　「各位同學，今天是樂樂小學一年一度的運動會。運動會一方面可以培養運動家的精神，還可以讓大家體會團隊合作的重要……」

　　校長霹靂啪啦就是一串話。他總有許多事情要處理，因此講話、做事都又快又急；沉沉壓力也把他臉上的線條，壓得死死板板的。

　　「每一位同學，都要盡全力發揮自己……」校長話說到一半，大太陽像是突然被一雙大手遮住，天色整個暗了下來。

　　校長不由自主抬起頭，一邊嘟噥著：「奇怪，氣象預報今天是晴天啊！不會要下雨了吧……」

　　接著，他發覺手上的麥克風，好像被一隻滑滑涼涼的

隊乾脆拜託鬼彩球變成鬼彩帶，讓她們跳起慢悠悠的彩帶舞……

　　然而，比賽跳馬的孩子，助跑時慢慢跑沒問題，但跳馬時動作一慢，全都卡在跳馬上，跳不過去了。

　　「這樣不好玩。」一個被卡在跳馬上的孩子說。結果，他屁股下的鬼跳馬，竟然慢乎乎的跳了一下，再跳一下，還問：「這樣好玩嗎？」

　　那個孩子驚喜得睜大眼睛，嘴巴笑成彎月，不停喊著：「好好玩喔。」

　　其他孩子看了，紛紛追著鬼跳馬跑，大叫：「我也要坐！我也要坐！」

　　想坐鬼跳馬的孩子愈來愈多，評審乾脆變身成另一個鬼跳馬，讓孩子們可以快些輪到。

　　還有還有，拔河的兩個隊伍，慢吞吞喊著口號，用慢動作緩緩拔河，結果，奇妙的事情發生了：隨著他們慢慢使力，鬼繩子竟然像橡皮糖一樣，不斷拉長、拉長，再拉長……

　　大家發出驚呼，繼續往後拉，一些看到這神奇場景的孩子，也興奮的跑來加入。

拔呀拔呀拔呀，拔呀拔呀拔呀……最後，鬼繩子竟然從操場中央，一直延伸到操場最東邊和最西邊呢。

運動會中場，有個學校教職員的一百公尺賽跑，校長也參加了。

原本，大家都認為什麼都快、連跑步也快的校長，一定會奪得冠軍，不過，現在是比慢，不是比快呀！校長依然能拿到第一嗎？

「砰──」評審緩緩的鳴槍，選手們起跑了。有人學太空漫步，有人用機器人般的動作跑著，有的碎步小跑……

不過，其中最讓人拍案叫絕的是校長，他用一條長長的線把烏龜和自己的腳綁在一起，當裁判鳴槍後，他就放下手中的烏龜，烏龜緩緩爬過起跑線，校長的一隻腳也跟著跑一小步，另一隻腳則點在地面上。等烏龜再向前一點，則換成點在地面的那隻腳跑一小步。

「哈哈，慢烏龜，慢烏龜……」

圍觀的孩子們樂壞了，邊拍手邊喊，也引來更多孩子。

騎鬼跳馬的孩子慢慢跳了過來；拔河的孩子也拉著鬼

繩子圍攏過來；跳鬼彩帶和耍鬼彩球的啦啦隊，也加入助陣行列。

大家紛紛喊著：「校長好酷！校長加油！」

烏龜慢慢爬，校長很酷的慢慢跑，他的速度愈來愈落後，得到冠軍的希望也愈來愈大。

為校長加油的孩子們愈來愈興奮，愈喊愈大聲。

然而，不知道是因為喧鬧聲像雷響，烏龜受到刺激，還是怎麼了？牠突然像瘋了一樣，用比原來快許多的速度往後跑，然後沿著校長的腳繞轉圈圈，長線也沿著校長的腳繞哇繞。

「嗄？怎麼會這樣？」這會兒，校長可沒辦法跑下去了。

不久，長線整個困住校長的腳，讓他動彈不得。

裁判慢乎乎的飄過來，緩緩的說：「你一直停著不動，被淘汰囉。」

孩子們發出惋惜的叫聲，校長也捧起烏龜退出跑道。

大夥兒看校長低著頭，好像很難過的樣子，其中有個孩子騎著鬼跳馬慢慢蹦跳過去，小聲的問：「校長，你不要難過啦……啊，你要不要來玩鬼跳馬，很好玩喔。」

校長抬起頭，看著那個孩子好一會兒，還皺起眉頭。

霎時，喧鬧聲像被強力吸塵器一下子吸光了，氣氛也降到冰點，大家以為校長生氣了。

孩子們你看我，我看你，不知道該怎麼辦。

就在這時，校長突然鬆開眉頭，眼睛閃著亮晶晶的神采說：「好啊，我也來排隊。」

孩子們愣了一下後，發出歡呼，簇擁著校長去排隊玩鬼跳馬。

　　校長不但玩鬼跳馬，還加入拔河的陣容，把鬼繩子拉得更長更長。有更多孩子跟他邊玩邊熱烈討論起，還能用什麼方法「跑得慢」……

　　這天，樂樂小學的孩子們，過了一次從未有過的運動會。他們也發現了，校長——真的真的很不一樣呢。

——原載 2010 年 8 月 12 ～ 13 日《國語日報・兒童文藝》

Part.14

鬼當家日變成了無聊日，又變成了妙妙日！

「好無聊喔，無聊死了啦！」圓圓坐在沙發上喊著。

這是個假日。每到假日，爸媽常說平常工作太累，總是睡到快中午才起來，吃過飯又繼續睡，所以圓圓都沒得出去玩，只能一直喊無聊。

「無聊喔，無聊來幫奶奶打掃啦！」奶奶遞過來一枝老古董的雞毛撢子，「去，去把桌椅撢撢乾淨。」

「唉──」圓圓根本不想接過雞毛撢子，因為撢灰塵對她來說，簡直是無聊透頂的事。

「快！快拿去啊！這個雞毛撢子喔，比什麼魔布、魔撢、魔神仔要好用得多，而且省錢哪。」

圓圓還是沒接雞毛撢子，卻皺起眉頭，「奶奶，魔神仔是什麼新產品？」

奶奶愣了一下，然後說：「啊，沒有啦，因為很順，就說出來了。魔神仔不是什麼新產品，是鬼啦。」

就在這時，電燈開始一閃一滅，窗外也吹起冷冷的風，吹到背脊，唔～～～涼涼的。

圓圓轉頭看著奶奶，奶奶也睜大眼睛看著她。

「奶奶，怎麼會這樣啊？你一說『鬼』這個字，家裡就好像變得……有點像鬼屋耶！」

奶奶眼睛轉到東邊看一看，再轉到西邊看一看，問道：「今天是不是『鬼當家日』呀……」

　　在圓圓他們所住的城市，每年都有個「鬼當家日」。

　　「『鬼當家日』？我們被選中了嗎？」圓圓有點害怕又有點期待的問。

　　奶奶聳聳肩，表示不知道。

　　就在這瞬間，一個灰色的鬼，從門縫鑽了進來，大喊著：「今天鬼當家！」

　　奶奶和圓圓睜大眼睛對看著，小聲說著：「還真的耶，今天鬼當家耶。」

　　這時，爸爸和媽媽也醒了，從房間跑到客廳。

　　看到灰色的鬼，四個人多少有點怕怕的，緊緊的靠在一起。

　　「我是無聊鬼，今天你們得聽我的，要做自己認為最無聊的事，度過這一天！」

　　「嘎？」圓圓呼出一口氣，原本她還期待鬼出個好玩的題目，讓今天過得有趣一點，沒想到，卻被無聊鬼選中了！看來她還是擺脫不了雞毛撢子，而且得撢上一整天呢。

大家雖然不太情願，但也只好聽「鬼話」，開始做無聊的事。

奶奶覺得最無聊的事是打電動，因此坐到電腦前亂打一通；爸爸覺得最無聊的事是看電視購物節目，於是轉到購物頻道看起來；媽媽覺得最無聊的事，是跑跑步機。可是，家裡沒跑步機呀！

媽媽煩惱著，灰色的鬼竟然變身成一部跑步機，方便媽媽跑步。

媽媽正小心翼翼要踏上鬼跑步機時，突然聽到一個聲音大喊：「今天鬼當家！」

大家嚇了一大跳，全轉頭過去看。

那是個亮亮的鬼。他精力充沛的喊著：「我是妙妙鬼，今天你們得聽我的，要過個最奇妙有趣的一天。」

呼的一聲，跑步機又變回灰色的鬼，喊道：「喂，妙妙鬼，你搞錯了吧！今天是我們無聊鬼當家耶。」

「嗄？不對吧！是我們妙妙鬼當家吧！」

鬼和鬼之間沒協調好，鬼當家日竟然鬧雙包，這可怎麼辦才好？

經過協調，後來他們決定，上半天要盡量無聊到底，

下半天則要奇妙有趣到底！

這個題目可真難！從無聊到底轉變到奇妙有趣到底，辦得到嗎？圓圓不禁擔心起來。想一想，無聊還容易一點呢！奇妙有趣？怎樣才能奇妙有趣啊？

奶奶、爸爸、媽媽也和圓圓一樣擔心，但是沒辦法，只好先過個無聊的上半天，然後再說吧。

撢灰塵、撢灰塵……一個上午，圓圓已經撢得快睡著了；爸爸也無聊到快打起盹來；媽媽也是；奶奶則百無聊賴的打著鍵盤，電腦似乎都快被她的慢動作給慢「昏」了。

過了中午，大夥兒你看我，我看你，一點兒也不知道怎麼從無聊變成奇妙有趣。

圓圓盯著雞毛撢子瞧，東瞧瞧西瞧瞧，想著是不是可以發明點什麼花式的撢灰塵法。

奶奶、爸爸、媽媽，也各自盯著電腦、電視、鬼跑步機瞧，一邊搖著腦袋。

就在他們瞧著瞧著，突然，鬼跑步機消失了，雞毛撢子則開始閃閃發亮，好像有什麼奇妙的事情要發生了。

隨著亮光愈來愈耀眼，雞毛撢子漸漸的變成──一隻

雞！

　　這隻雞滿客廳亂跑，看得圓圓一家一愣一愣的。

　　「果然很奇妙啊！」爸爸點著頭說。

　　「有了奇妙，還可以怎樣加上有趣呢？」圓圓偏著頭想；她沒忘記妙妙鬼出的題目。

　　那隻雞不但亂跑，還對著窗戶猛拍翅膀。

　　「難道你想飛嗎？」奶奶彎著腰，盯著雞看。

　　「飛？」圓圓依然偏著頭，「雞──想飛，雞飛起來，不就成了『飛雞』！啊！……有了，我們來讓雞飛起來吧！」

　　「說什麼鬼話嘛。」媽媽說。

　　「今天鬼當家耶，鬼話就是王道。」圓圓理直氣壯的說。

　　媽媽吐了吐舌頭，「說得也是。」

　　圓圓這下子來勁兒了，找出許多氣球，吹得又鼓又脹，然後在爸媽、奶奶的幫忙下，將氣球綁在雞羽毛上。

　　唔？雞拍翅膀拍得更用力了，還飛上半空中。

　　圓圓拍著手，「好好玩喔，真的變成『飛雞』了。」

　　她又找出一條很長的繩子，綁在雞的爪子上，然後把

雞帶往窗邊，將牠像風箏一樣放到空中。

「哈哈，還真妙呢。」連爸爸也覺得好玩。

不過，更妙的事發生了。

圓圓放著「飛雞」，放著放著，竟然覺得自己腳離了地，漸漸隨著「飛雞」飛上空中。

爸爸一看不對，趕緊抓住圓圓，媽媽和奶奶一起跑來抓住爸爸。但是，儘管有四個人，那隻雞卻像生出神奇的力量，將他們全帶著慢慢往上飛。

四個人像風箏尾巴似的輕飄飄，輕飄飄。雖然有些害怕，但圓圓覺得這感覺真妙。

「飛雞」沿著大樓牆面往上飛，飛到一戶人家窗口，還飛了進去。

裡頭好熱鬧哇！兩個孩子和他們的爸媽，手忙腳亂朝一頭牛的尾巴抹顏料，牛尾甩在牆壁上，就甩出繽紛的色彩和花樣。

這家人看到窗外飛進來的「飛雞」和一串人，驚奇的睜大眼睛。

圓圓他們看到這家人的「牛尾彩繪藝術」，也驚奇的睜大眼睛。

「還真是奇妙又有趣呢。」大夥兒同時說。

經過說明，圓圓他們才知道，這家人一樣被無聊鬼和妙妙鬼出了題目，結果，其中一個小男孩覺得最無聊的事，就是擦皮鞋。他擦了一上午的皮鞋，皮鞋竟然變成了一頭牛，牛愛將尾巴甩在牆壁上，發出啪啪啪的聲響，還意外打死一隻蚊子，於是，這家人突發奇想，在牛尾上塗顏料，把牆壁當成畫布，讓「牛畫家」盡情揮灑。

圓圓一家也加入，幫忙清洗牛尾巴，塗色彩，再清洗牛尾巴，塗色彩……

至於「飛雞」則在半空優哉游哉的飛啊飛。

當他們玩得正開心時，又出現不速之客，一個男孩像泰山一樣吊著繩子在窗口晃哪晃著，還吆喝著他們上頂樓玩。

頂樓還有什麼奇妙有趣的事嗎？

當然有囉！頂樓有一隻大雷龍，大樓好多居民攀岩似的，拉著套在牠脖子上的繩子爬上又爬下，也有不少人在雷龍背上排排坐，看著遠方的風景，還一邊聊天。這也是無聊鬼和妙妙鬼出題的結果；一個小女生在家無聊的幫爸爸清理他收藏的許多化石，中午時，剛好清到一小塊雷龍

骨骼化石，結果化石變成活生生的雷龍，他們怕雷龍撐垮整個房子，趁牠變化時，趕緊帶著牠上了頂樓，還想出「攀雷龍山」的遊戲。

圓圓也開心的攀起「雷龍山」，一邊喊著「好刺激」，一邊開心的咯咯笑。爸爸、媽媽，就連老當益壯的奶奶也跟進了。

最後，他們和不認識或很不熟的鄰居，一起排排坐在雷龍背上。

夕陽要下山了，霞光把所有人的臉都映照成黃金色彩。

這個有著黃金色彩的「鬼當家日」，實在太妙了！

——原載 2010 年 8 月 26 ～ 27 日《國語日報·兒童文藝》

Part.15

巫婆塔塔轉行去

巫婆塔塔站在繁華的街道上，看著整形醫院閃閃亮亮的斗大招牌，心想乾脆去整形算了；把自己的鷹勾鼻、銅鈴眼，還有皺巴巴的皮膚，都給整一整，然後改行去吧！像是當明星啦！當歌手啦！要不當個展場的 show girl，也都比當巫婆來得炫多了！

是啊！現在巫婆這行業可一點都不引人注目啦！因為大自然受到嚴重的破壞，很多原本用來煉製魔藥的材料都消失了，或是變得品質不佳，使巫婆的法力大大減退。

至於巫婆騎掃把在空中飛這項「很酷的能力」，雖然還沒消失，不過因為飛機太多、摩天大廈太高，她們飛著飛著，要不是去撞到大樓摔下來，就是被飛機的旋風掃得連翻好幾個圈，連東西南北都搞不清楚了，簡直成了「很遜的能力」呢！

特別是對塔塔來說，她一向最愛引人注意。但現在，人人都覺得巫婆是個沒落的行業。巫婆走在路上，沒人多看一眼，更沒人露出欣羨崇拜的眼光。

塔塔覺得真失落呀！難怪她會想整形轉行去。

不過，整形需要很多錢，塔塔可沒錢，更變不出錢來。

她進了醫院，對醫生百般懇求：等她整形成功，可以免費為醫院宣傳，還可以用她的魔法，變出最炫的招牌、最酷的醫生服，好抵過整形的費用。不過，醫生卻只是搖搖頭。

　　塔塔只好走出醫院，深深嘆了一口氣。哎——是啊，自己僅存的小魔法、小魔力，還有誰看在眼裡呢？

　　就在塔塔扛著掃把，落寞的走在人行道上時，竟然有人喊她。

　　塔塔回頭一看，那是擁擠車陣中，一個騎在摩托車上的人；他頭戴安全帽，穿著紅色的衣服，摩托車後面還有一個紅色的大箱子。

　　塔塔看到紅色箱子上寫著：「Hot Hot Hot Pizza」，精神一振，心想，說不定這個人想找她為披薩代言。

　　那個人一副很著急的樣子，對塔塔說：「可以請你幫忙嗎？」

　　「可以，可以，可以，一千一萬個可以。」塔塔此時的腦中已出現自己在鎂光燈下，為披薩代言的風光景象。

　　「我是披薩店的老闆……」

塔塔猛點頭。

「我的披薩很美味……」

「我知道，我知道。」

那個人看著動也不動的車陣，無奈的說：「我的披薩生意挺不錯的，不過，最近都請不到肯吃苦的夥計，得自己送披薩。偏偏路況又差，常常塞車，很容易延誤送披薩的時間。我剛看到你，靈光一閃，覺得你非常適合當送披薩專員，你騎掃把根本不怕塞車……」披薩店老闆害怕塔塔又打斷他的話，所以一口氣說完話。

哎，哪是什麼代言，是要她送披薩啊！

塔塔的心涼了半截，但是轉念一想：這也還不錯啦！穿上一身火紅制服，戴上火紅的安全帽，拋掉黑帽子、黑袍子，看起來醒目多了。況且，雖然送披薩不算什麼太炫的工作，自己卻可以把它做得很炫、很引人注意呀！

這麼一想，塔塔就覺得眼前一片閃亮，並且不斷點著頭。

「所以說，你願意囉！」披薩店老闆問。

「啊！願意，願意，願意，一千一萬個願意。」塔塔大聲的說。

「那太好了，現在立刻上工。」披薩店老闆隨即下了車，把紅色箱子卸下，交給塔塔，然後給了她地址，並催著說：「快快快，已經晚了，快飛，快飛，七點要送到。送完立刻回到箱子上所寫的那個地址，還有下一批……」

塔塔根本沒換上紅衣、紅帽，就在混亂中帶著披薩，騎上飛天掃帚，開始工作。

披薩店老闆還在背後喊：「順著道路飛，比較好找路。還有，別飛得太高，免得撞到大廈，或被飛機氣流掃到掉下來，那可慘了。」

塔塔照著老闆的指示，順著道路全速飛行，由於塞車嚴重，當塔塔快速從駕駛人頭上飛過時，竟引起一陣羨慕的眼光，讓塔塔覺得好酷。

當她飛到目的地時，差三分鐘七點。塔塔非常得意，而且得意過了頭，目的地的人家是二樓，她偏不從一樓走樓梯上去，而打算從窗戶酷酷的飛進去，還要耍個花式才好。

塔塔一個翻轉，然後讓掃把連續抖動個幾下，接著飛速衝進窗戶。結果，衝得太猛，塔塔竟然停不下來，撞破了一道牆壁，這才從掃把上彈下來，摔落地面，而披薩

★ 童話列車‧周姚萍童話 ★

133

呢？當然從箱子飛出來，還啪的一聲，飛到張大嘴巴的主人臉上！

主人非常生氣，打電話到披薩店告狀，還抓著塔塔要她賠他牆壁。

於是，塔塔才剛得到的新工作「飛了」，還得為那一道牆壁傷腦筋。

塔塔抓著腦袋，想著能變出牆壁的魔法；她記得她會一些的。

「呼嚕呼嚕哈！巴拉拉，呼哈哈⋯⋯」變出了非常炫的水晶牆壁。

「呵呵，很美吧！」塔塔十分得意。

「什麼美？我這是浴室耶，你這半透明的牆壁怎麼行？」

哎，不行，那巧克力糖球牆壁呢？也不行！棉花糖牆壁，更不行！

主人受不了啦，大喊：「給我變回我原來的牆壁。」

但是，愛炫的塔塔，學的也都是些耍炫的魔法，根本變不出原來的牆壁。

主人氣炸了，硬是不放塔塔走，剛好這棟樓的清潔人

員出缺，這戶人家的主人就要塔塔去做清潔工，賺錢來賠他。

塔塔沒辦法，只好做起清潔工。

每天天還沒亮，塔塔就在大樓裡進行早班清掃。喔！其實不能說是塔塔做清掃，而應該說是掃把做清掃。因為時間太早了，根本沒人看塔塔，她也提不起勁兒工作，於是施展小魔法，讓掃把自動打掃。

然而，就連塔塔的掃把也愛耍炫，一邊自動清掃，一邊像跳著花式舞步般的旋轉、跳躍……掃哇掃的，還蹦到牆壁上，旋轉、跳躍……

突然，坐在花壇上垂頭喪氣的塔塔，聽到一聲尖銳的貓叫，抬頭一看，高樓層的陽臺上，一隻小貓咪似乎是還沒學會「攀岩走壁」，一不小心摔了下來。幸虧，就在那一瞬間，掃把一個跳躍，小貓咪正好攀住掃把，還跟著掃把跳躍、旋轉、旋轉、跳躍……

這時，塔塔聽到有人大喊：「太妙了！」

她轉頭一看，原來是一個高大的中年人。

中年人飛奔到塔塔面前，急切的問道：「請問你願不願意加入消防隊。當然，跟你的掃把一起。」

塔塔疑惑的看著中年人。那個人解釋說：「我是消防隊的大隊長。現在火災多，意外事故也多，自殺事件也不少。我剛剛看到你的掃把救了小貓，產生靈感，想請你和你的掃把加入消防隊。如果有火災發生時，高樓搶救困難，或是有人想不開，要跳樓，或是有動物困在樹上……這些情形都可以借助你靈活的飛行能力，輕輕鬆鬆拯救大家。」

　　「唔？那我不就成了『英雌』了？」塔塔的眼睛閃閃發亮。

　　「沒錯，沒錯，你將變成救人『英雌』。」

　　「那大家都會用崇拜的眼光看著我囉？」

　　「是啊！是啊！」消防隊大隊長用力點著頭。

　　這工作還挺炫的，塔塔馬上答應了。

　　於是，每當有急難事件發生，巫婆塔塔就出動了。一身黑衣、頭戴黑帽，騎著掃把出動了，不論是高樓火災搶救，山難者搜尋，或以迅雷不及掩耳的速度救起一時想不開的人，塔塔都勝任愉快。

　　每次完成任務後，塔塔一定會要酷的騎著掃把在空中來個花式飛翔，接受隊員或圍觀群眾的歡呼。

而其他的消防大隊看到塔塔成功的例子，也紛紛聘請沒落的巫婆，擔任超級消防隊員。

　　更有其他人覺得巫婆的特性還可以發揮在更多地方，因此想到請她們擔任各種工作。如果有人參加重要考試即將遲到，讓巫婆用掃把載著飛速趕過去，也能趕得及；而動物園的遊園小火車也改成了「遊園巫婆大隊」，嘿，可省汽油的呢！又能飛得比較靠近動物，觀賞得更清楚；還有的公司請巫婆飛天發傳單，這樣連在陽臺上曬衣服的太太、照顧花草的老人，也都能收得到！

　　巫婆，現在可成了很紅的行業呵！而最最得意的，並把功勞都歸在自己身上的，當然就是巫婆塔塔囉！

——原載 2007 年 2 月 23 ～ 24 日《國語日報‧兒童文藝》

★ 巫婆塔塔轉行去 ★

Part.16

直線人和螺旋線人變身記

Fairy Tales

線條國裡，住著直線、螺旋線、曲線等各種線條人。

線條國的直線人 I 先生，一向不喜歡螺旋線人；他覺得螺旋線人走起路來一彈一跳，搖搖晃晃，沒個正經樣兒。特別是他家樓下的螺旋線人 S 先生，他更看不順眼；沒正經樣不打緊，一次撞上他，連聲對不起也不說，非常沒禮貌。

而 S 先生對 I 先生也沒好印象，他覺得這人直挺挺的，老是昂著頭，不把人放在眼裡。他記得自己剛搬來時，禮貌性的跟 I 先生招手打招呼，I 先生卻不理他。還有一回，他不小心撞到 I 先生，馬下不好意思的低下頭，正要說出「對不起」時，抬眼看見 I 先生昂著頭、目中無人的模樣，便把「對不起」嚥了回去。

就這樣，I 先生與 S 先生打心底討厭彼此，看都不想看對方一眼。

這天，I 先生下班後，覺得腰和脖子痠得不得了。他邊走邊揉腰，猛的幾隻手把他拉進一間屋子裡。他聽到有人喊：「免費塑身體驗，包准塑出健康好心情！」

接著，一陣揉捏推折……等他搞清楚狀況時，他已經變身成螺旋線人啦！

Ｉ先生拉著塑身中心的人理論，那些人卻對他鼓吹螺旋線體型的好處。「直線人往往有腰痠背痛、神經緊張的毛病，因為這種體型容易讓人繃太緊，本中心獨創的塑身法，能有效改善您原本惱人的毛病……」

　　塑身中心的人要Ｉ先生試著體驗走路的輕鬆感，Ｉ先生卻堅持要塑身中心的人還他直線體型。這時，幾個人從裡頭的房間彈跳而出，說著：「我這是第五次塑身成螺旋線體型，這種體型讓心情輕鬆很多，連身體也變好了。」

　　「是啊，效果棒透了。」

　　塑身中心的人趁機輕推了Ｉ先生一下，一彈一跳，一彈一跳……咦？確實很輕鬆耶！先前的痠疼似乎也減輕了，真神奇！

　　就這樣，Ｉ先生在塑身中心的人大喊「歡迎下次再度光臨」，外加哈腰鞠躬下，離開那裡。

　　同樣這天，Ｓ先生跟朋友聚會到很晚，回家的路上，他彈彈跳跳，突然，整個身體往下墜……

　　「啊——」他大喊著，然後「ㄅㄨㄞ」一聲撞到地，並ㄅㄨㄞ、ㄅㄨㄞ、ㄅㄨㄞ彈了好幾下。

　　原來，那裡道路施工，挖了很大的坑洞，天太黑，Ｓ

先生沒注意到，施工單位又沒立起圍欄和警告牌。

　　S先生靠著彈力，免去受傷。他用力想彈跳出坑洞，卻沒成功，因為洞太深了。

　　S先生大聲呼救，也沒人聽見。

　　他只好繼續彈跳，並努力拉長自己的身體，試圖搆到洞口。彈跳！拉長——彈跳！再拉長……

　　在一次奮力彈跳，死命拉長之後，S先生成功了。但他出了洞之後，發現自己的體型變成了——直線！

　　S先生一回家倒頭就睡，沒力氣管討厭的直線體型。第二天，他意外發現直線體型還挺不錯的：以前他彈跳時，所看到的是面前及身邊左右的風景，現在則可以看得又高又遠；擠電車好擠得多，也較能呼吸到新鮮空氣……

　　一次他掉了東西，有人撿到，跟他招手，他卻沒看到，直到那人喊出聲，他才發現。這也讓他想到：也許I先生並不是故意「目中無人」的。

　　漸漸的，I先生和S先生恢復自己的體型。I先生還挺想再去塑身的呢，至於S先生也挺懷念當直線人的日子。

　　現在，他們遇見了，儘管沒有很熱絡，但I先生會低

下頭，S 先生會仰起頭，然後，彼此交換一個害羞的——
微笑。

──原載 2008 年 4 月 9 日《國語日報 · 兒童文藝》

Fairy Tales

Part.17

願望變成一顆星

Fairy Tales

人來人往的捷運站牆壁，有個很大的看板，上面貼滿人們寫了願望的小卡片。有人希望「考上好學校」，有人希望「找到好工作」，有人希望「賺大錢」……

這個看板掛在這兒已經有很長的時間了，有些舊卡片都已經被掩蓋在新卡片下，最角落一張褪色的藍色卡片就是。

藍色卡片上，用歪歪斜斜的字寫著：「我要減肥！減肥大成功！」這是一個男生阿胖的願望。

不過，阿胖寫完這個願望，到現在已經快一年了。

阿胖很胖，行動很笨拙，又很怕熱，還常被取笑，所以他最大的願望就是「減肥」。但是只要食物一出現，他的唾液腺立刻加速分泌；只要說到「運動」兩個字，他腦中立刻出現自己被汗給淹死的畫面。所以，減肥對阿胖來說永遠只是個願望，似乎不會有實現的一天。

藍色卡片上的願望，我們就叫它小藍好了。一點都不了解阿胖的小藍，卻癡癡等著，「快實現吧！快實現吧！快減肥成功吧！」

每個好願望都期盼被實現，因為當願望成真，它就會在最深最深的夜裡，倏的變成天上閃亮亮的一顆星。

小藍已經看著很多比它還新的願望，都變成星星飛上天了，自己卻一直待在看板上，滿身灰塵。

　　這天，小藍從被掩蓋的縫隙中看到阿胖，「是他！」

　　阿胖被他的媽媽拖著走，氣喘噓噓，汗如雨下。媽媽還對他嘮叨著：「你愈吃愈多，又不運動，以後恐怕連走都走不動囉，還會有很多麻煩的病找上你……」

　　「什麼！阿胖竟然吃得更多，又不運動，難怪變得更胖了……哪有人許了願，一點都不努力的呀！不行！不行！」小藍很生氣，咻的跳出小卡片，朝阿胖飛了過去，飛進他的包包裡，打算跟他回家。

　　看板上的另一個願望對著小藍喊：「你幹什麼？就算你可以做些什麼，但願望一定要許願的人自己實現呀！」

　　不過小藍沒聽到。

　　小藍跟阿胖回到他家，看到阿胖果真看到東西就吃，吃完東西就歪在沙發上動也不動。小藍實在氣極了。

　　晚上，阿胖早早昏睡過去。小藍決定要做點什麼。

　　「怎樣可以讓阿胖變瘦？對了，剛才阿胖在打電腦，上面有一個小廣告，不是寫著『抽脂減肥』嗎？好，就這麼辦！」

小藍從卡片跳出來，把自己所有的筆劃拆解，組成一根大針筒，朝著阿胖肥滋滋的大腿扎下去，開始替阿胖抽脂。

　　阿胖體內的油脂還真多，小藍抽了許久，阿胖總算變瘦，小藍卻被撐肥了。

　　當小藍高高興興的想飛起來時，變得比先前困難許多，不但飛不高，才飛了一會兒，就累得不得了。

　　空中有一隻蚊子嗡嗡嗡飛來，嘲笑小藍說：「噢，我沒看過這麼胖的『不明飛行物』，真是笑死我啦。像你這麼胖，應該哪兒也飛不了吧。看看我，我是蚊子國的瘦身小姐冠軍，還三連霸呢。這完全是因為我發明了健美瘦身操的緣故。來，欣賞一下我的瘦身操。」

　　於是蚊子小姐凌空跳起瘦身操，這邊跳跳，那兒扭扭，還轉轉轉、蹦蹦蹦……

　　蚊子小姐秀夠了，就飛走了。

　　小藍心想：「現在瘦了阿胖，肥了我。我變得這麼肥，怎麼可能飛到天上變成一顆星，搞不好飛到一半就掉下來了。不行，不行。好，那就來試試蚊子小姐的辦法。」

小藍把身上的脂肪注射回阿胖的身上，然後又拆解筆劃，用一些筆劃當工具，架起阿胖，飛上空中，再用其他筆劃拉阿胖的腿，動阿胖的手，轉阿胖的身體，幫阿胖做瘦身操。

　　阿胖被架上空中，還被拉腿、動手、轉身，因此迷迷糊糊的醒來，一邊還喃喃唸著：「別吵啦！我還想睡……」

　　他踢踢腿，發現只踢到空氣，於是睜開眼睛一看。這一看，可嚇壞了：自己竟然飛在半空中！

　　「天哪！我胖到變成一顆球飛到空中了？救命啊！我要下來！我要下來！」阿胖的手腳瘋狂亂踢，把架在他身上的小藍各個筆劃給甩得老遠，有的還從窗戶衝飛出去。

　　阿胖也從空中掉下來，幸虧掉在床上，還彈了好幾下。

　　阿胖這下可睡不著了，「一定是因為我太胖了，才會得這種『飛天怪病』。媽媽不是說，要是再胖下去，一堆麻煩的病都會找上我。不不不，我才不要得這種恐怖的病，要是飛得更高更高，永遠回不來，那不就慘了。」

　　阿胖嚇得開始繞著房間跑，也不管汗像雨一樣流個不

停，更做起艱難的伏地挺身。

　　小藍好不容易聚攏了自己的筆劃，看到阿胖這麼認真的運動，很安慰的說：「對嘛，對嘛，這樣就對了。」

　　當真被嚇到的阿胖，不敢只有三分鐘熱度，每天都努力控制飲食，還拚命運動。

　　小藍看到這樣，安心了，悄悄飛回捷運站的看板上，等待之後的某個深夜，能咻的飛上夜空，變成一顆美麗的星……

——原載 2010 年 9 月 28 ～ 29 日《國語日報 · 兒童文藝》

★
願望變成一顆星
★

Part.18

剪刀手達達

機器人達達有一雙像剪刀一般的手，他一看到茂密的東西，就忍不住「喀擦喀擦」亂剪一通：當他經過了人行道，上頭綠油油的行道樹，就被剪得光禿禿；當他走進花店，裡面一簇簇的鮮花，也會一下子變得慘不忍睹；就連頭髮茂密的人，一接近達達，也會得到同樣的結果。

　　　所以，大家一看到達達，就趕快逃得遠遠的，要不就是把店門、家門緊緊的關起來。

　　　所有的人都不喜歡接近達達，達達很難過，可是，他不能控制自己這個「毛病」；別人總是說他愛亂剪東西，是個「毛病」！而且是「壞毛病」！

　　　達達想改掉「壞毛病」，可是一點都做不到，屋子上蔓延的長春藤、公園裡的花草樹木……所有所有他能靠近的茂密的東西，剪刀手一定「喀擦喀擦」亂剪一通。

　　　他不知道該怎麼辦才好，於是四處尋找可以詢問的對象，然而，小鳥看到他就慌裡慌張飛走了，小狗看到他也趕快夾著尾巴溜了，因為他們都不希望自己身上的毛被剪得亂七八糟呢！

　　　達達還是繼續找著可以詢問的對象，一隻蚊子嗡嗡嗡飛過達達頭頂，達達趕緊抬頭喊道：「喂！蚊子大嫂，請

問我要怎樣做，才能改掉我愛亂剪東西的壞毛病。」

蚊子沒好氣的答道：「我可是蚊子小姐呢！就是因為上次我停在一叢灌木叢上，你喀擦喀擦一陣亂剪，我雖然立刻逃走，還是不幸被你剪掉四根睫毛，到現在才嫁不出去！我也很想知道你可以怎樣改掉這個可恨的毛病！」

蚊子說著丟下達達飛走了。

達達更難過了，原來他的毛病不只是「壞毛病」，還是「可恨的毛病」。

一隻蟑螂從達達眼前爬過，達達又趕緊問道：「蟑螂大哥，請問我要怎樣做，才能改掉我愛亂剪東西的可恨毛病。」

蟑螂瞪著達達看，「我是蟑螂小弟，就是因為我上次在一把青菜上頭睡午覺，你喀擦喀擦一陣亂剪，我雖然立刻逃走，還是不幸被你剪掉一根觸鬚加一根腳趾甲，害我在『蟑螂大哥』競選中失敗，到現在依舊是蟑螂小弟！我也很想知道你可以怎樣改掉這個禍國殃民的毛病！」

達達難過得不得了，原來他的毛病不只是「壞毛病」，不只是「可恨的毛病」，還是「禍國殃民的毛病」！

他再也不想多問了，只是落寞的走著。

一隻白色的小狗多多出現在他面前。

多多有一身濃密的毛，整張臉被毛所覆蓋住，達達一看到他，雖然拚命想忍住，不讓剪刀手亂剪，但是，剪刀手像是自己有生命一般，還是對著多多「喀擦喀擦」剪了起來。

等達達停下來時，他以為多多一定會對著他大罵。

沒想到，多多開口的第一句話竟然是：「哇！好棒喔！」

達達可真是愣住了。

多多接著說：「長毛老是蓋住我的眼睛，看也看不清楚，煩死了，還好遇到你，現在感覺真是太好了。」

達達還發著愣，多多跑到一間商店的櫥窗前照了照，頻頻點頭說：「要是再有點造型，那可更好，我希望那種亂得有個性的造型，剪刀手大師，你可以再多幫我一點忙嗎？」

「剪……剪刀手大師？」達達可從來沒被這麼稱呼過。

「是啊！是啊！剪刀手大師，就是這樣嘛！不難不

難，你把這邊剪短一點，這裡再修一下……」

照著多多的話，達達認真的修起多多的毛髮來，還修得有模有樣。

多多很高興，一直稱讚達達，還邀請達達開一間美髮院，由他來當造型設計師，達達擔任剪刀手。

美髮店的生意可真不錯，每天都有排隊等著剪髮的人或動物，達達成了剪刀手大師，再也沒空去亂剪其他的東西啦！

不過，要是毛髮不夠茂密的人或動物，可別上這間美髮店，因為達達的剪刀手可會剪得不起勁，甚至會罷工呢！

——原載 2005 年 5 月 6 日《國語日報 · 兒童文藝》

Part.19

煙火花

小魔法師奇奇雖然出生在魔法家庭，但是，他對於「種子」，可比「魔法」還要來得有興趣。

奇奇常常到處收集種子，帶回家種在園子裡；看一顆顆形狀不一樣的種子，冒出綠芽，長成各種植物，開出花朵，他覺得那才是「最神奇的魔法」！不過，奇奇有個怪癖——很討厭騎飛天掃帚，所以每次出門都騎單輪腳踏車，咻咻咻，像馬戲團的團員一樣飛馳、轉彎、繞圈，酷得很，只是單輪腳踏車速度再快，也比不過飛天掃帚。

每一次，奇奇收集了種子，一部分留下來自己種植，一部分則用魔法送到各地去。

哼啦叭啦嘿嘿嘿，

哼啦叭啦嘿嘿嘿，

變出大鳥啪啪飛，

帶著種子四處飛，

尋找地方落土堆，

世界因此而更美。

奇奇所種植的種子當中，有一些是不能發芽的。

生命的奧祕，即使是魔法也無法穿透，所以，奇奇只能把不能生長的種子，放在一個個透明的玻璃瓶裡。

　　一天晚上，奇奇找了一些材料，想試驗能不能煉製出新的魔法湯。

　　　　一小茶匙的罌粟花粉，

　　　　三分之二又二分之一的雲白石，

　　　　五片銀杏樹葉，

　　　　七個銅環……

　　鍋子裡啵啵啵直冒氣泡，奇奇專心的看著其中的變化。

　　一隻鳥兒從園子裡飛了進來，啄開了旁邊櫃子上玻璃瓶的軟木塞。

　　奇奇聽到聲音，抬頭一看，鳥兒一驚，撲騰著翅膀連忙往屋外飛，玻璃瓶被翅膀一掃，從櫃子上摔了下來，種子咚咚咚，有的掉到地上，不知道彈往何處，而有一顆落入煮著魔法湯的鍋子裡。

　　奇奇看著，心想：咦？這樣也許會有新的變化呢！他

讓種子繼續在鍋子裡熬煮。

啵啵啵！

啵啵……啵……

接著，碰一聲，一簇橙紅色的煙火從鍋子裡竄出來，奇奇被煙火沖上天花板，從煙囪衝上天，然後往下掉，就在快要落地時，又是碰的一聲，另一簇煙火繼續把奇奇沖上天。就這樣，奇奇被煙火托著，在空中上上下下。

原來，種子在魔法湯煮過，產生神奇的變化，會往上蹦，開出煙火花，然後漸漸萎謝而往下掉，當煙火花即將謝盡，又往上蹦，開出另一朵煙火花…

「唔！如果加上方向控制術，煙火也許能帶著我到想去的地方！」奇奇想著，開始念道：「一心一意，一意一心，叢林叢林叢林……」煙火花果然往叢林的方向，碰碰碰的一路開過去。

「一心一意，一意一心，池塘池塘池塘…」煙火花向池塘上一路開過去。

池塘正好有一群青蛙開著演唱會。

★ 煙火花 ★

160

呱呱呱！

呱……呱呱……

　　煙火從空中碰的一聲落下來，上面還坐著一個魔法師，青蛙全愣住了。

　　煙火往一片王蓮的巨大葉子落了下去，「一心一意，一意一心，停止停止停止……」

　　果然，煙火停止了，奇奇落在王蓮的葉子上，煙火花種子也落在上面。奇奇撿起種子，對著青蛙們說：「不好意思，打斷你們的演唱會。」

　　一隻青蛙說：「喔！酷耶！煙火音樂會。」

　　「很棒的聲光效果。」另一隻青蛙說。

　　奇奇笑了起來，「那今晚就讓我來做青蛙演唱會的聲光和配音師好了。」

　　於是，青蛙繼續演唱，奇奇則在適當的時機，用方向控制術控制煙火花，繞著池塘開開落落。

　　後來，奇奇常常應邀到池塘與青蛙們一起開「煙火音樂會」。

　　而奇奇也很少再騎著單輪腳踏車出門了，因為他有了

★ 煙火花 ★

新的、又酷又炫的交通工具——煙火花。

　　奇奇更開心的是，他讓死去的種子都能變成「煙火花」，開放在空中，使更多的人看見，也教天空變成了一個大花園。

——原載《童報週刊》2001 年 1 月 26 日第 152 期

★ 童話列車・周姚萍童話 ★

Part.20

神奇的
「星星月亮煙火」

Fairy Tales

藍藍的大海裡，住著透明的大鬼小鬼。

他們和鯨魚、海豚是好朋友。特別是小鬼們，最喜歡騎在海豚身上，比賽誰能開出一條水花噴濺得最漂亮的海路；他們也喜歡爬到鯨魚龐大的身軀上呼溜滑下，或是騰空一跳……

鯨魚當中，有一頭最大最老的鯨魚，叫做「噴水爺爺」。他噴出的水柱又大又漂亮，還能變化出花式：有時朝天噴出直直一根水柱；有時低低、柔柔的噴出四散的小水柱……

大鬼小鬼玩累了，都喜歡央求噴水爺爺，噴出柔柔的四散水柱。他們就懶懶的浮在四周，讓水柱輕緩的打在自己身上作 Spa！

一天晚上，大鬼小鬼又在噴水爺爺身邊作 Spa 了。遠遠的海的那一邊，響起碰碰碰的聲音，隨著這聲音，夜空中開出一朵朵燦爛的花火。原來是大型郵輪在放煙火呢。

大鬼小鬼都看傻了。

「好漂亮喔！」

「好高喔！」

「這是什麼鯨魚噴出的水柱啊？比噴水爺爺還厲害！」

噴水爺爺從來沒被說過噴出的水柱比別的鯨魚遜色，因此有點懊惱，還卯足力氣，像是跟遠方的煙火比賽似的，噴出各種花式的水柱。

大鬼小鬼一忽會兒看看絢爛多變的煙火，一忽會兒看看噴水爺爺的花式噴水，忙得不得了。

但不管噴水爺爺怎麼努力，大鬼小鬼還是覺得遠方的煙火比較美、比較厲害，游過去想看得更清楚。

只是游不到一半，郵輪就停止放煙火。於是，他們掃興的回到噴水爺爺身邊。

一些小鬼央求著說：「噴水爺爺，你很厲害，應該也能噴出像那邊一樣漂亮的『水柱』吧！」

噴水爺爺被這麼一說，可來勁兒了，「好，我再練練！」

噴水爺爺白天也練，晚上也練，大鬼小鬼更總是幫他加油。然而，不論怎麼練，水柱還是沒法兒變成煙火啊！

噴水爺爺不氣餒，繼續練著。

一天晚上，噴水爺爺還在苦練，幾個小鬼陪在他身

邊。

噴水爺爺練得有些累了，就打個盹兒，那幾個小鬼也爬到噴水爺爺身上休息。

噴水爺爺作了夢，夢見自己還在練習，因而一邊睡一邊噴出水柱來。哇，這下可不得了，強大的水柱把其中一個很靠近噴水孔的小鬼衝飛上天。

小鬼被嚇醒──然後，他感覺到自己被一個尖尖的東西鉤住了。

那晚，彎彎的鵝黃色上弦月掛在灰藍的空中，旁邊還有銀色的星星閃爍。

噴水爺爺練著練著，沒把水柱練出顏色來，倒是把水柱練得愈來愈有勁道，竟然將小鬼噴上天。

小鬼被高高的倒吊著，嚇得哭了。

月亮嚇了一跳，問小鬼說：「你是怎麼上來的？」

小鬼哭哭啼啼的把事情的原委說給月亮聽。

月亮聽了變得更亮了，「哦，用水柱來消除疲勞的 Spa 嗎？聽起來很棒，我也很想享受看看。」

一旁的星星也對 Spa 很感興趣，紛紛說著：「好像很舒服。」

「對啊，每次在空中當了一晚的班，好疲倦喔，要是能作作 Spa 可好啦。」

「我可以帶你們去，可是我不知道怎麼下去呀！」小鬼說話還帶著哭音。

月亮眨眨眼睛跟星星們說：「我們就到海裡玩一會兒吧。」

星星歡呼了起來，「耶，以前都只能把影子倒映在海上，從來沒泡過海水。好想泡海水，作 Spa 呢。」

就這樣，很深很深的夜裡，月亮（尾端還鉤著一個小鬼）和星星就唿咻一聲，跳進大海裡。

小鬼帶著他們找到噴水爺爺。噴水爺爺一聽到天上的客人很嚮往作 Spa，可高興啦，因此全力以赴噴出或強、或柔、或高、或低的各式水柱。

月亮、星星在水柱中作著 Spa，他們鵝黃、銀藍的色彩在水柱間閃閃爍爍。

大鬼小鬼看了，直呼：「喔，這比之前那個有顏色的『水柱』還優雅美麗耶。」

噴水爺爺聽了，之前的頹喪一下子可變成得意啦。

要是有一天，你抬起頭來仰望天空，卻看不到月亮，

也看不到一顆星星。那一定是他們跳進大海裡，與大鬼小鬼一起作 Spa，好讓自己當班時更有精神、更明亮一點。而在這個時候，寬廣大海的某片水域上，一定、一定可以看得到很奇妙的「星星月亮煙火」，還可以聽得到噴水爺爺、大鬼小鬼和星星月亮的笑語呢！

——原載 2007 年 10 月 31 日《國語日報・兒童文藝》

Part.21

當天上的星星
遇到海裡的星星

Fairy Tales

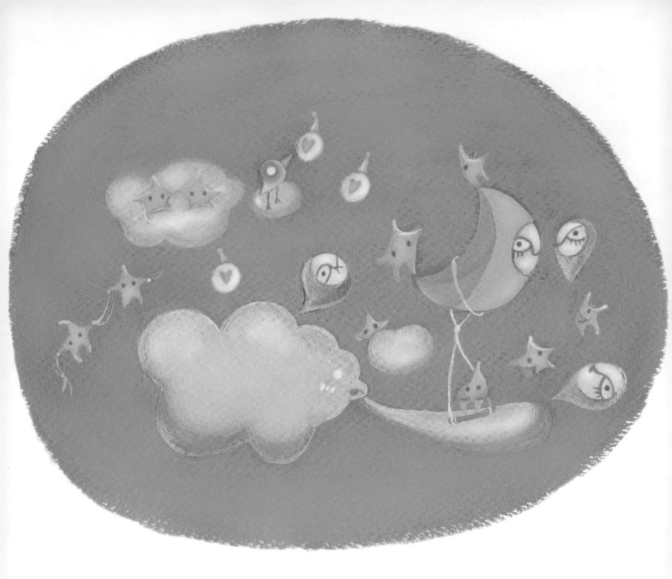

　　天上的小星星最喜歡月亮變成上弦月了。這樣，他們
就可以玩各種遊戲：把月亮當成「搖搖床」，躺在她彎彎
的肚子上輕輕搖晃；分別坐在月亮向上翹起的尖角，玩起
「蹺蹺板」；有些星星則喜歡玩「蹦蹦樂」，就是各自站

在尖角上，一個往上跳，對準尖角落下一踩，把另一頭的星星蹦得老高，好落在軟軟的雲朵上。

小星星亮亮最愛玩「蹦蹦樂」了，每回玩，總是樂得笑聲散落整個天空。

這天，月亮又成了上弦月。深夜，亮亮和朋友晶晶終於輪到玩「月亮遊戲」。晶晶往上一跳，對準尖角落下一踩，亮亮蹦得好高，銀閃閃的笑聲也飛了起來。接著亮亮往下落，他才剛碰著雲朵，雲朵卻打了一個噴嚏，猛的一偏。哎喲，亮亮就這麼著直直往下墜……

「這下會掉到哪裡去呀？」愛冒險的亮亮有些害怕，也有些期待。

亮亮掉哇掉哇，啪一聲，掉進海裡，還撞到一個東西。

「哇，好亮！我見過你。」那個東西喊。

亮亮仔細一看，是一個跟他很像的「星星」，只是沒有光芒。

「你也是星星嗎？」亮亮問。

「是啊，我是海星。」

「海星……是海裡的星星嗎？」

「也可以這說吧！對了，我叫奇奇，是海裡最愛蹦跳的海星。之前我往上看天空，看過你好多次。你就是天上最亮的那顆小星星嘛，能跟你碰面，真開心。」

「啊——你愛蹦跳，我也愛蹦跳喔！」

「哇！太好了，那我們可以一起玩。」

奇奇帶著亮亮四處玩：潛入海裡欣賞珊瑚礁和魚群；到岩石上「攀岩」；在退潮時舒服的躺在沙灘上……

當然，他們最愛的還是玩蹦跳遊戲：奇奇吸附著亮亮，往上蹦出海面，再啪一聲落進海裡——蹦得愈高，濺起的水花愈大，他們就愈樂；奇奇帶著亮亮蹦跳到鯨魚爺爺身上，請鯨魚噴出水柱，將他們往上衝高，玩起「噴水樂」；他們還蹦跳到最愛飆速的海豚哥哥身上，抓住他的尾巴，和他一起衝浪。

海裡實在太好玩了。可是，當亮亮看到天空時，總會想念那裡。

奇奇看出亮亮的心事，於是偷偷替亮亮想辦法，卻怎麼也想不出來。

這天，奇奇想辦法想得太專心，一動也不動。亮亮以為奇奇病了，大聲叫道：「奇奇，奇奇！你怎麼了？」

奇奇嚇了一大跳，猛的往上一蹦，蹦得比以往都要高。一隻海鷗低低飛過大海，奇奇正巧蹦到海鷗身上，黏附在海鷗身上。

啊，要是請海鷗幫忙，不就可以飛到天上去嗎？奇奇正要開口請海鷗幫忙，海鷗卻似乎討厭有「東西」黏附著，所以用力拍翅，震動身體。

「啊啊啊──」奇奇被抖落海裡。

奇奇不放棄，告訴亮亮自己想出的辦法，並在每次有海鷗低低飛過時，吸附著亮亮，卯足力氣往上蹦跳，希望蹦跳到海鷗身上。然而他們試了幾次，都沒有成功。

這天，心情低落的奇奇和亮亮，在鯨魚爺爺身上玩「噴水樂」。就在他們被水柱噴得老高時，奇奇想到：這樣不是更容易蹦跳到海鷗身上嗎？

之後，他們不斷請鯨魚爺爺在天空有海鷗飛過時，盡量用水柱將他們噴高；試了好多好多次，總算有一回成功蹦跳到一隻海鷗身上。而且，這是隻好心的海鷗，答應要衛著亮亮飛往高空。

當海鷗往上飛時，奇奇知道得和亮亮道別了。但是他不難過，因為亮亮跟他約好，等下一回天空出現上弦月，

就會再蹦跳到海裡來玩。

　　「亮亮，再見囉！」奇奇從高空往下跳。

　　「啪！」奇奇才落入海裡，就興奮的對著高空大喊：「嘿，亮亮，這樣跳下來好刺激喔，下次你來，我們再一起拜託海鷗跟我們一起玩。」

　　高空閃起一瞬銀光，好像是亮亮在跟奇奇說：「就這麼說定囉！」

　　那小小銀光，似乎灑滿了奇奇全身。嗯，亮亮暖暖，亮亮暖暖的……讓奇奇的小臉也泛起亮亮暖暖的笑。

——原載 2007 年 11 月 21 日《國語日報 ・ 兒童文藝》

Part.22

燈泡攝影師

公園裡，一個路燈的燈泡不亮了，管理員請人換上新的，於是，路燈又燦亮起來，更襯得旁邊的路燈，顯得黯淡不少。

新燈泡雖亮，卻不怎麼開心。

深夜裡，當人們都散去，新燈泡便對旁邊的老燈泡抱怨道：「我之前聽其他燈泡說，當燈泡很無聊，只能被困在燈裡，一點兒都沒變化！」

老燈泡散發著溫柔的光，笑笑說：「不無聊，一點都不無聊。」

「是嗎？」

「是啊，不無聊，而且有很多變化。」

「怎麼可能？這樣被困著，哪來的變化啊？」新燈泡以為老燈泡唬他，根本不相信。

「你看看我。」老燈泡說著，霎時，出現了神奇的景象！

老燈泡似乎變成一個小螢幕，開始播放起影像：

夜裡，一個媽媽帶著小女孩走過來。

她們手牽著手，一路說說笑笑。

燈泡攝影師

突然，天空飄下雨絲，「啊！好像下雨了！」小女孩撐開手掌，感受著絲絲細雨。

媽媽翻了一下包包。「我沒帶傘呢！還好雨小小的。」

「嗯，小小的、涼涼的，好舒服喔。」小女孩仰起臉龐。

媽媽也仰起臉龐，笑著說：「嗯，小小的、涼涼的。」

她們慢慢朝有光的地方走去，那黃色的光芒，正是路燈散發出來的。

她們愈來愈靠近路燈，光芒也愈來愈亮。

突然，小女孩指著空中喊：「媽媽，你看！」

空中，在光的照耀下，絲絲細雨紛飛；每一絲雨都像個亮閃閃的小仙子，成千上萬的小仙子振動晶瑩的羽翼和衣衫，飄哇飄、飛啊飛。

「好美喔──」小女孩呆了，媽媽也呆了。

她們站在那兒看了好久好久，才緊緊牽著手，心滿意足離開了。

影像播放到這兒，老燈泡又恢復原本的模樣。

新燈泡訝異的問：「你怎麼會放映出這個東西啊？」

老燈泡眨眨眼睛：「我們是被困在燈座裡沒錯，但我們周遭有很多故事，很多變化啊。我喜歡把它們拍進腦袋裡。」

「拍進腦袋裡？」

「是啊，只要運用心的力量，你也辦得到。還想再看看別的嗎？」

老燈泡再次變成小螢幕，播放起一段段影像：

夜裡，小青蛙跟在青蛙媽媽後頭蹦蹦跳跳，青蛙媽媽跳到路燈旁，就帶著牠在旁邊的草叢歇息一下。一連幾天，都是這樣。

一天，小青蛙又出現了，卻沒有青蛙媽媽的身影。

小青蛙慌裡慌張，焦急的念著：「糟了啦，我迷路了啦！媽媽，媽媽……」

就在這時，小青蛙好像看到熟悉的朋友般，舒了一口氣，「是路燈耶，每次媽媽帶著我休息的那個路

燈。媽媽會來找我的，那裡有草叢，我可以在草叢等媽媽！那裡還有光，媽媽來了，立刻就會看到我！」

於是，小青蛙跳進草叢，睜著眼睛看哪看。過了好一陣子，青蛙媽媽果然出現了，牠似乎一眼就看到小青蛙，小青蛙也似乎一眼看到親愛的媽媽。牠們朝彼此飛跳過去……

也是夜裡，一個小男孩在路燈旁畫著路燈，就像其他運動的人、散步的人都不存在似的畫著。畫完老燈泡所在的路燈，又跑去畫其他的路燈，他的圖畫紙上，漆黑的底色上亮起一盞盞溫暖的燈。

天晚了，人少了，小男孩的媽媽急急跑來，罵著小男孩說：「怎麼還不回家？都不曉得爸媽會擔心嗎？」

小男孩委屈的說：「人家要畫畫送給小雨嘛！小雨眼睛看不見，她說她都活在黑色裡面。我想送這張圖給她，送一些亮光給她。」

媽媽沉默了，臉上繃緊的線條在光下，也柔和了……

燈泡攝影師

「我們身邊真的有好多故事、好多變化喔。」新燈泡看了這些多影像，忍不住說。

「是啊，而且我們也在其中。」老燈泡說。

新燈泡愣了一下，接著才緩緩說：「嗯，我們也參與其中呢！」

第二天夜裡，新燈泡所在的路燈下，來了一位老奶奶，坐在長椅上，拿出毛線一針一針織著。

「不知道要織什麼？要織給誰呢？」新燈泡喃喃自語，接著學老燈泡，用心將這影像拍進腦袋裡。

一邊拍，他一邊感到自己似乎變得更亮了；光照著老奶奶，照著老奶奶手上的勾針、毛線，閃閃發亮。

新燈泡覺得，自己的光也被老奶奶織進去了呢。他知道，不管毛線會被織成什麼，不管是為誰而織，裡頭都有他暖暖亮亮的光……

—— 原載 2010 年 12 月 24 日《更生日報》副刊

不只是魔法

◆徐錦成

——《收集笑臉的朵朵：周姚萍童話》賞析

1

　　童話需要魔法，這是常識。有經驗的童話作者，不會忘記在作品中安排魔法上場，滿足讀者的期待。但同樣的，有足夠閱讀經驗的讀者也會注意一點：作者是不是認定童話裡不可缺少魔法，以至於「為魔法而魔法」？

　　讀周姚萍的童話，很難不注意到裡面的魔法。這本《收集笑臉的朵朵：周姚萍童話》是她全新的近作結集，書中多半的故事是因魔法而衍生的。而如果我們把「魔法」的定義擴大，解釋成「超乎尋常的能力」，則這本書也不妨視為魔法童話的示範與反思。

2

　　「為何角色會有魔法、會有超乎尋常的能力？」這是個好問題，但周姚萍很少在這點花筆墨。在〈小魔女淘淘和淘淘雲〉裡，「淘淘的外婆常來看她，有時也將淘淘接回魔法國住，因此，淘淘從外婆那兒，學會許多魔法。」如此而已！

　　「如何學會魔法」不是周姚萍關心的；她更有興趣的，是角色「如何學會正確使用魔法」、「如何把超乎尋常的能力用到最適當的地方」的學習過程。而「學會正確使用魔法」，往往比「學會魔法」更困難。

　　在〈最黑的地方〉這篇，「星星家有個傳統，小星星要長成大星星時，必須經歷『成年禮』，也就是到地上找一個最黑暗的地方，溫暖那兒、照亮那兒。」「成年禮」是個很好的比喻。亮亮具備發光發亮的能力（這項能力可算廣義的魔法），但找到適合發揮的場所，是他必經的成長過程。

　　〈螺旋槳小鬼與流浪狗〉裡，歐弟要讓頭上的螺旋槳消失必須先「學會幫助別人」，也是同樣的設計。螺旋槳消失，「才算長大，並擁有更高的飛行能力」。

3

　　「知道該把能力用在哪裡」並不容易。巫婆塔塔雖然擁有「騎掃把在空中飛這項『很酷的能力』」，但要轉過幾次行，才能找到自己的定位。

　　「剪刀手達達」也不是一開始就知道該當美髮師。別忘了，他的剪刀技藝對有些人來說曾經「不只是『壞毛病』，不只是『可恨的毛病』，還是『禍國

殃民的毛病』！」

再說那位總是努力吐絲織網的「不上不下蜘蛛先生」，更是經過一番曲折，終於肯定了自己。

這些角色都經過了修鍊的過程，才懂得自身能力（魔法）的價值與用途。

而有時候，擅用魔法的人甚至要懂得不用。〈收集笑臉的朵朵〉這篇裡，朵朵本來是所有白雲裡最擅長變身術的，但在變身大賽中寧可不要拿冠軍，只為「收集了一個小女孩的笑臉，放在心上，好暖。」讀者不會懷疑的一點是：寧可不用魔法的朵朵，法力已高強到無須冠軍獎杯來證明了！

4

周姚萍擅寫魔法，但她寫魔法有時也出人意表，不「為魔法而魔法」，一如寧可不用變身術的朵朵。

在〈小魔女淘淘和淘淘雲〉這篇，淘淘起初並不知道魔法何時該用、何時不該用。「四周靜悄悄的，覺得沒趣，便念了咒語，讓自己和同學所坐的桌椅，緩緩飛上空中，引得老師和其他同學發出驚叫。」、「覺得溜滑梯溜膩了，盪秋千盪煩了，開始想淘氣，於是使起魔法，讓枝頭盛開的花朵一起左邊

點點頭，右邊點點頭，再前前後後點點頭，惹得大人小孩訝異極了。」、「跟媽媽去逛百貨公司時，媽媽逛得很開心，淘淘卻覺得無聊，乾脆使起魔法，讓衣服、褲子跳出模特兒的身軀，跟著她在走道上遊行……」這些都是因她淘氣造成的災難。

有經驗的讀者應該會想：接下來必然會寫淘淘因某件事受到教訓，最後才懂得該把魔法用在該用之處。誰知周姚萍並未如此處理。她祭出一朵淘淘雲，讓它製造更大的災難，而這個災難連淘淘也看不下去，「氣得對著淘淘雲大喊：『淘淘雲，你實在是太淘氣了！』」對照媽媽罵淘淘的話（「淘淘，你實在太淘氣了！」），巧妙造成「有其母必有其女」的遺傳趣味。

至於小淘淘有沒有學到教訓？作者不想交代，而讀者竟也不在意了，只覺得小淘淘真是可愛！如此寫法，實在有別於傳統的童話。

這點小小的顛覆，令人備感溫馨。不必懷疑，這正是周姚萍童話的魔法！

朵朵的超級任務

白雲朵朵在變身比賽中，為了收集小女孩美麗的笑臉，不在乎比賽輸了。笑臉是全世界最美的圖畫，讓我們和朵朵一起收集一個又一個的笑臉吧！

先寫下你是如何幫助別人的，利用照相機，拍下被幫助的人的笑臉，做成屬於自己的笑臉寫真簿。

笑臉寫真簿

不平凡大變身

蜘蛛先生總覺得自己不上不下的，在體驗過高高在上、低低在下之後，發現自己雖然不上不下，還是對別人有幫助。機氣人達達看到茂密的東西，就會忍不住去剪，這個大家口中的壞毛病，直到他遇見小狗多多，達達的壞毛病讓他變成剪刀手大師。

先想想自己有哪些不上不下的地方（或是壞習慣），並記錄下來，再和同學朋友一起討論，這些不上不下的地方（或是壞習慣）可以變身成好習慣。

 寫下自己不上不下的地方（或是壞習慣）

 不上不下的地方（或是壞習慣）大變身

童話列車09

收集笑臉的朵朵
周姚萍童話

著者	周姚萍
繪者	Kai
主編	徐錦成
執行編輯	鍾欣純
發行人	蔡文甫
出版發行	九歌出版社有限公司
	臺北市八德路3段12巷57弄40號
	電話／25776564・25707716
	郵政劃撥／0112295-1
九歌文學網	www.chiuko.com.tw
印刷	晨捷印製股份有限公司
法律顧問	龍躍天律師・蕭雄淋律師・董安丹律師
初版	2011（民國100）年1月
定價	280元

書號	AC009
ISBN	978-957-444-744-2

（缺頁、破損或裝訂錯誤，請寄回本公司更換）

國家圖書館出版品預行編目(CIP)資料

收集笑臉的朵朵 ：周姚萍童話 / 周姚萍著；
　徐錦成主編；Kai圖. -- 初版. -- 臺北市 :
　九歌, 民100.01
　面 ； 公分. -- (童話列車 ； 9)

　ISBN 978-957-444-744-2(平裝)

859.6　　　　　　　　　　　　　　99023853